Meine zwei Welten

von Liz Elapata-Kordesee

AF215068

Bibliografische Information der Deutschen Bibliothek:
Die Deutsche Bibliothek verzeichnet diese Publikation in
der Deutschen Nationalbibliografie; detaillierte bibliografische Daten sind im Internet über http://dnb.d-nb.de abruf-
bar.

1. Auflage 2019
Text Copyright © 2019 Liz Elapata-Kordesee
Alle Rechte vorbehalten.
Satz: Gerd Tremmel
Herstellung und Verlag: BoD - Books on Demand, Nor-
derstedt
ISBN: 978-37-50402-57-7

Meine zwei Welten

von Liz Elapata-Kordesee

Der Horizont ist mein Ziel

Mensch,
warum starrst Du vor Dich hin,
gefangen in Deinem Leid,
in Deiner Einsamkeit.

Mensch,
erhebe Dein Angesicht,
schaue in die Ferne.
Der Horizont ist Dein Ziel,
dort ist Deine Freiheit.

Inhalt

Autobiographische Texte und Reiseberichte

Kindheitserinnerungen

Familie

Jugend

Leben im fernen Osten

Geschichten aus Sri Lanka

Wieder zurück in Deutschland

Autobiographische Texte und Reiseberichte

Kindheitserinnerungen

Der unerwartete Besuch

Meine Schwester Frieda und ich saßen auf dem Sofa, bereits gewaschen und gekämmt. Wir waren also bettfein und warteten auf unsere Gute Nacht-Geschichte. Mutter nahm das Märchenbuch in die Hand und setzte sich zu uns auf das Sofa. Just in diesem Moment klingelte es an der Tür. Fragend blickte sie uns an: "Wer könnte das bloß sein. Zu so später Stunde? Wir erwarten doch keinen Besuch mehr!" Ihr Gesicht drückte nicht nur Überraschung sondern auch Ängstlichkeit aus. Dieses Gefühl übertrug sich sofort auf mich.

Ich sehe mich in meinem langen rosa Nachthemdchen ängstlich an meine ältere Schwester geschmiegt. Wir beide drücken uns in die Sofaecke, während Mutter in den Flur geht. Da – ein zweiter Klingelton; danach eine tiefe Stimme, die von draußen kommt. Wir Kinder verhalten uns ganz still und horchen auf das Geräusch des Türöffnens, auf Mutters Stimme, die auf einmal aufgeregt und zugleich fröhlich klingt. "Mein Gott", sagt sie. "Du bist es wirklich?" Ein Augenblick tiefer Stille folgt. Dann plötzlich steht ein mir fremder Mann im Türrahmen. Ein Soldat, wie mir scheint. Langsam nimmt er die Militärmütze ab, ein Schopf blonder lockiger Haare kommt zum Vorschein. Meine Schwester ruft begeistert: "Papa!" "Ja", sagt Mutti, "Papa ist unerwartet auf Besuch gekommen!" Für mich sieht er fremd und ganz anders aus als auf den Familienfotos.

Mein Vater geht auf uns zu in seinen großen Stiefeln, dem schweren Militärmantel und beugt sich über uns. Meine Schwester, die bereits sieben Jahre alt ist und ihn sofort wiedererkannt hat, nimmt er auf den Arm. Als er mich hochheben will, drücke ich mich nur noch tiefer in die Sofakissen. Er ist mir jedoch wegen meines Rückzugs nicht böse, versteht meine Furcht. Leise sagt er: "Brauchst keine Angst zu haben, Kleines", und streicht mir zärtlich über meinen Lockenkopf.

Mutter hat sich inzwischen von ihrer Überraschung erholt und verfällt in große Geschäftigkeit. "Fritz", sagt sie, "leg doch erst mal den Mantel und die Stiefel ab. Ich mach dir einen heißen Tee, bist ja ganz verfroren. Was zu essen mach ich dir auch gleich, wenn die Kinder im Bett sind." Auf einmal hat sie es sehr eilig, uns ins Bett zu bringen. Die Gute Nacht-Geschichte ist ganz vergessen. Meine Schwester hat jedoch noch viele Fragen an Papa und möchte sie loswerden: "Papa, wo bist du denn so lange gewesen? Woher kommst du? Bist du mit dem Zug gefahren?" Mein Vater überlegt und antwortet dann kurz: "Ich war an der Front, im Krieg. Morgen Kinder erzähle ich euch mehr. Ich bin so müde nach der langen Fahrt hierher. Geht jetzt schlafen, ihr zwei Hübschen." Es ist verständlich, dass wir am liebsten nicht bis zum anderen Morgen warten möchten, um all unsere Fragen beantwortet zu bekommen. Mutter besteht jedoch darauf, dass wir in unsere Betten gehen. Morgen gäbe es auch noch einen Tag zum Erzählen und Liebhaben, meint sie. Papa sei auf Urlaub gekommen und würde sicherlich noch eine Weile bei uns bleiben. Sie nimmt mich auf den Arm; meine Schwester folgt ihr zögerlich in das Schlafzimmer. Ein letzter Kuss auf die Wange für mich und meine Schwester. Licht aus, Tür zu!

Wir beide lauschen noch den Stimmen unserer Eltern, bis der Schlaf uns schließlich übermannt. Der Mann mit der beeindruckenden Uniform geistert jedoch durch meine Träume.

Am nächsten Morgen sitzt unser Vater bereits am Frühstückstisch, als wir das Wohnzimmer betreten. Mutter hat uns lange schlafen lassen. Wir löchern Vater gleich mit unseren Fragen. So erzählt er uns von einem großen Land, wo es viel viel Schnee gäbe. Seine Freunde und er würden in großen Holzbaracken schlafen und des Nachts hörte man die Wölfe heulen. Ein Kamerad müsste dann immer bei den Pferden Wache halten, denn diese würden durch das Geheul der Wölfe unruhig. Frieda und ich hören gespannt zu und stellen uns vor, wie Papa mit seinen Kameraden mit dem Pferdewagen durch die schneebedeckte Landschaft fährt. Er lässt die schrecklichen Geschehnisse, die zu dieser Zeit passieren, aus. Von Kanonen, Waffen, Kämpfen, Kälte und Hunger in den Steppen Russlands verrät er nichts. Dies erfahren wir erst viel viel später.

Gegen Mittag kam Tante Frieda, die ältere Schwester meiner Mutter, die mit dem ältesten Bruder meines Vaters verheiratet ist. Wir waren demnach doppelt verwandt. Sie nahm uns Kinder nach dem Mittagessen mit zu sich nach Hause. Einen guten Napfkuchen hätte sie gebacken, erzählte sie. Onkel Karl, ihr Mann, würde schon auf uns warten. Abends würden dann Mama und Papa kommen zum gemeinsamen Abendessen. So gingen wir also mit Tante Frieda mit, die nicht weit weg von uns in einem schönen Reihenhäuschen mit Garten wohnte. Diese Reihenhäuser waren vergeben worden an Blinde, die im Ersten Weltkrieg ihr Augenlicht verloren hatten. Dazu gehörte auch mein Onkel, Onkel Karlchen, wie wir ihn liebevoll nannten.

Abends trafen dann tatsächlich unsere Eltern ein. Die Wiedersehensfreude der beiden Brüder war groß. Sie hatten sich viel zu erzählen, während meine Schwester nach dem Abendessen der Tante und unserer Mutter beim Abwasch half. Ich dagegen, zu klein, um nützlich zu sein, durfte mich auf Onkel Karlchens Sofa legen, weil meine Äuglein immer kleiner geworden waren. An den Rest dieses Tages kann ich mich nicht mehr erinnern. Sicher bin ich fest eingeschlafen und Papa hat mich nach Hause getragen.

So vergingen einige schöne und unbeschwerte Tage mit unserem Vater. Doch dann kam der Marschbefehl. Mutter war traurig und packte unter Tränen den Rucksack, in den sie noch viele gute Essereien wie Speck, Dauerwurst sowie selbst gebackene Plätzchen – denn mein Papa war ein "Süßer" – hinein tat. Wie sie in der schlechten Zeit an diese guten Sachen herangekommen war, wusste ich nicht. Das eine wusste ich jedoch, dass meine Mutter gute Freunde hatte, weil sie selbst immer hilfsbereit war.

Die Stunde des Abschieds kam. Wir begleiteten meinen Vater zum Bahnhof. Der Bahnsteig war bereits überfüllt von Soldaten, die alle wieder ins "Feld" mussten.

Der Zug fuhr ein. Auch Papa hievte den schweren Rucksack auf seinen Rücken. Er hob uns beide, eine nach der anderen hoch, küsste und drückte uns liebevoll. Mit Mutti verharrte er in einer langen Umarmung. Schnell stieg er danach ein. Meiner Mutter kullerten die Tränen über das Gesicht. Der Zug setzte sich in Bewegung. Papa schaute aus dem Fenster und winkte uns zu. Mutter winkte mit einem weißen Taschentüchlein zurück und weinte dabei bitterlich. Ich klammerte mich an ihren Mantel, die weiche Wolle an meiner Wange. Die Tragweite dieses Augenblicks war mir nicht bewusst, fasziniert starrte ich auf die schnaubende Dampfmaschine mit den großen Rädern, die meinen Papa davon trug. Der Zug machte eine Kurve und mit ihr verschwand auch endgültig mein Vater. Damals wusste ich noch nicht, dass es das letzte Mal war, dass ich ihn gesehen hatte.

Er fiel 1943 in Nebbel, 150 km südlich von Stalingrad. Ich war knappe drei Jahre alt.

Die bittere Nachricht

Wir tranken Kaffee oben bei Wagners: Meine Mutter, Frieda und ich.

Wagners, ein Ehepaar mittleren Alters und kinderlos mochten es, wenn wir Kinder bei ihnen waren. Mich, die Kleine, hatte Herr Wagner besonders gern. Ich durfte ihm das Haar kämmen und verschiedene Frisuren ausprobieren, auf seinem Schoß sitzen und ihn mit allen möglichen Fragen den Bauch löchern. Herr Wagner hatte stets eine Engelsgeduld.

So saßen wir auch an diesem Nachmittag bei Wagners fröhlich um den Kaffeetisch.

Da klingelte es plötzlich. Frau Wagner erwartete zwar keinen Besuch, eilte aber trotzdem schnell an die Tür. Fragend blickte sie uns an: „Wer könnte das wohl sein?" Frau Schuster aus Zirndorf, eine Bekannte meiner Mutter, trat zaghaft ins Zimmer. „Frau Wagner, es tut mir leid", sagte sie verlegen, „aber ich wollte eigentlich zu Frau Layer. Als ich dort vor verschlossener Tür stand, meinte die Nachbarin, dass Frau Layer sicher bei Ihnen hier oben sei." Frau Wagner rückte einen Stuhl zurecht, damit sich Frau Schuster setzen konnte, stellte auch gleich eine zusätzliche Kaffeetasse auf den Tisch. „Ist ja schön, dass Sie gekommen sind, Frau Schuster", sagte meine Mutter. „Was gibt es denn Neues? Wie geht es Ihrem Mann an der Front?" „Na ja", antwortete Frau Schuster zögernd, „mein Mann berichtete von vermehrten Gefechten. Sieht alles nicht so rosig aus." „Ach, was Sie nicht sagen. Machen Sie sich mal keine Sorgen. Ich hatte erst letzte Woche einen langen Brief von meinem Fritz. Es geht ihm gut." Frau Schuster wirkte besorgt, hielt die Tasse so vorsichtig, als wäre sie aus Meißner Porzellan, trank schlückchenweise ihren Kaffee und stocherte dabei in ihrem Stückchen Kuchen herum. Sie folgte danach Frau Wagner in die Küche. Es dauerte, bis die zwei Frauen wieder zurück kamen. Was sie sich wohl zu erzählen hatten? Die fröhliche Kaffeerunde war ein wenig getrübt durch das Verhalten von Frau Schuster. Mutter mit ihrem sprichwörtlichen Optimismus versuchte Frau Schuster etwas aufzuheitern. Es gelang ihr jedoch nicht.

Frieda und ich saßen inzwischen in der Sofaecke mit Herrn Wagner, der sich mit uns beiden beschäftigte. Die Gespräche der Frauen interessierten uns wenig.

Dann auf einmal klingelte es erneut. Herr Wagner kommentierte: „Heute ist ja richtiger Besuchstag!" Wieder erhob sich Frau Wagner und ging zur Tür. Plötzlich stand unsere Tante Frieda im Türrahmen. Sie sah langsam in die Runde, ging auf uns zu und nahm uns Kinder in ihre Arme; dabei liefen Tränen über ihr kantiges Gesicht. Die Stimmung im Raum hatte sich schlagartig gewandelt. Wir alle fühlten instinktiv, dass etwas passiert war, etwas, das zwar noch keinen Namen hatte, aber von größter Bedeutung sein musste.

Da fiel es meiner Mutter wie Schuppen von den Augen: Der unangemeldete Besuch von Frau Schuster, ihr bekümmertes Aussehen, das plötzliche Auftauchen ihrer Schwester, ihre Tränen...

„Mein Gott", flüsterte sie kaum hörbar. Fragend wendete sie sich an ihre Schwester: „Was ist mit meinem Fritz?"

Wir starrten auf die Frauen, deren Gesichter Furcht, Trauer und Fassungslosigkeit ausdrückten. Wir fühlten das Unsagbare, das im Raum stand, das „Etwas", welches man nicht aussprechen durfte. Ängstlich schauten wir einander an.

„Papa", sagte meine Schwester schließlich. „Was ist mit Papa?"

Mutter ist auf einmal gebeugt und kraftlos wie eine alte Frau!

Ihr Gesicht ist aschgrau und wie versteinert. Sie geht schleppenden Schrittes, eine Stufe nach der anderen nehmend ins untere Stockwerk, in unsere Wohnung zurück. In der Wohnung angekommen, sinkt sie in den großen Ohrenbackensessel im Wohnzimmer, der ihr eine willkommene Stütze bietet. Sie versinkt fast in dem Sessel, wirkt nun ganz klein und gebrechlich; beide Hände vor den Augen, weint sie bitterlich.

Ihre Schwester, unsere Patentante, bleibt bei ihr die ganze Nacht, während wir zwei in den 4. Stock zu „Tante" und „Onkel" Wagner, wie wir sie nannten, verfrachtet wurden.

Die Ehe unserer Eltern war eine Liebesehe, hart umkämpft gegen die Widerstände ihrer Eltern. Nun hatte sie ein jähes Ende gefunden durch den Tod meines Vaters. Für meine Mutter jedoch fand sie trotz dieses Einschnitts kein Ende.

Der Luftschutzkeller – Anfang 1945

Die Sirenen heulten!
Wir hatten eben zu Abend gegessen, meine Mutter und ich. Es blieb keine Zeit mehr, um den Tisch abzuräumen. Mutter raffte noch ein paar Kleidungsstücke für mich zusammen und eine warme Decke. Das Körbchen mit einer Thermosflasche heißem Malzkaffee und einem Päckchen selbstgebackener Kekse, das immer bereit stand, griff sie, nahm mich bei der Hand und schnell ging es in den Keller. Die anderen Hausbewohner waren auch schon auf dem Weg dorthin. Der Flur und die Treppen nur spärlich beleuchtet mit einem Notlicht. Das zweite Sirenengeheul ertönte, um die Bevölkerung vor den feindlichen Fliegern zu warnen. Wir schoben uns, beziehungsweise wurden geschoben, durch die enge Tür in den Luftschutzraum. Der war schon fast voll, aber Mutter fand noch ein Plätzchen für uns. Eng aneinander gedrückt saßen wir beide auf einem Holzbänkchen. Mutter breitete die Decke über unseren Schoß. Das Körbchen mit dem „Muckefuck" stellte sie unter die Bank. Überwiegend Frauen und Kinder befanden sich in dem Raum. Ein paar ältere Männer, die bereits zu alt waren, um noch in Hitlers Armee zu dienen, saßen in einer Ecke. Herr Schuster war der einzige junge Mann in unserer Runde. Er war gerade von der Front zurückgekommen und auf Heimaturlaub, weil seine Frau ein Kind bekommen hatte. Das Baby schlief in einem Korb, der neben Frau Schuster stand. In einigen Stockbetten an den Kellerwänden lagen ebenfalls kleinere Kinder. Die Mütter hatten sie in mitgebrach-

te Decken gehüllt und versuchten, sie auf den Stroh-
säcken zum Schlafen zu bewegen. Auch meine Mutter meinte, es wäre doch Zeit zum Schlafen, aber ich
weigerte mich vehement, in eines dieser Betten zu
gehen. Wie angewurzelt saß ich auf meinem Bänkchen, drückte mich fest an meine Mutter. Im Luftschutzkeller plagten mich immer wahnsinnige Ängste,
ich dachte, der Teufel säße unter meinem Bänkchen.
Wie ich auf diese abwegige Idee kam, weiß ich selbst
nicht mehr. Ich erinnere mich nur noch an diese meine Angst. Sicher eine Folge des düsteren Kellers. Nur
zwei oder drei schwache Wandlampen gaben etwas
Licht ab. Die Ecken des Raumes blieben dunkel, die
Atmosphäre bedrückend. Die Frauen flüsterten leise
miteinander. Die Männer ließen ab und zu einen
Kommentar hören: „Ich bin gespannt, ob ich das Ende
dieses Krieges noch erlebe", sagte Herr Ullrich zu
seinem Nachbarn. Beide waren schon über siebzig.

Auf einmal tat es einen furchtbaren Schlag. Herr
Schuster sprang von seinem Stuhl auf: „Nebenan hat
es eingeschlagen. Ich bin mir ganz sicher!" Wir rissen
entsetzt die Augen auf. Eine der Frauen wagte zu
vermuten: „Das Nachbarhaus etwa? Da wohnt ja
meine Freundin Lisa!" Herr Schuster antwortete: „Ich
geh mal nach oben, um nachzusehen. Vielleicht kann
ich helfen." Seine Frau sah ihn erschrocken an. In
ihrem Gesichtsausdruck lag die Bitte: *Geh bitte, bitte
nicht, lass uns nicht allein!* Aber da war Herr Schuster
schon an der Tür. Betroffen starrten wir vor uns hin
und warteten auf den nächsten Einschlag. Was blieb
uns denn anderes übrig, als zu warten.

Nach geraumer Zeit kam Herr Schuster rußverschmiert und dreckig zurück. „Es hat tatsächlich nebenan eingeschlagen. Ich habe den Nachbarn geholfen, einige Sachen aus dem brennenden Haus zu retten. Sind ja fast keine Männer da, die zupacken können. Sind ja alle an der Front. Seien Sie beruhigt, Frau Mattes, Ihre Freundin Lisa ist in Sicherheit." „Gott sei Dank", erwiderte Frau Mattes erleichtert. Herr Schuster erzählte sodann, wie es draußen aussah. „Der Himmel ist ganz rot über Nürnberg. Da muss alles lichterloh brennen. Und in der Benno-Mayer-Straße gleich um die Ecke stehen die Häuser auch in Flammen", sagte er.

Wir blickten erleichtert in die Runde und waren froh, dass es diesmal unser Haus nicht erwischt hatte. Wir überlegten, was wir wohl getan hätten, wie hätten wir dann reagiert. Wir alle fragten uns, wie lange wohl dieser wahnsinnige Krieg noch dauern würde. Aber laut sagen durften wir nichts!

So verbrachte ich als Vierjährige endlose Stunden in diesem Luftschutzkeller, von schweren Ängsten gepeinigt.

Erst kürzlich habe ich einen Artikel gelesen über kleine Neurosen, die ein Leben lang ihre Spuren hinterlassen und auch den Charakter prägen. Vielleicht lässt sich so meine Platzangst erklären.

Versprochen ist Versprochen!

Der Krieg ging dem Ende zu. Anfang Mai 1945 kapitulierte Deutschland.

In diesen Nachkriegswirren hatte meine Mutter ihr Versprechen meiner Schwester gegenüber einzuhalten, was nicht ganz einfach war. Sie hatte Frieda versprochen, dass, sobald der Krieg aus wäre, sie ins Fichtelgebirge nach Tröstau fahren würde, um sie wieder nach Hause zu holen. Frieda litt unter großen Angstzuständen während der Bombenangriffe auf unsere Stadt. Die älteste Tochter meiner Tante Anna hatte uns bei ihrem letzten Besuch dann angeboten, Frieda mit aufs Land zu nehmen, weg von der Stadt und den schrecklichen Bombenangriffen. Nun wartete meine Schwester sehnlichst auf das Ende des Krieges und auf ihre Mutter.

Tante Anna, die älteste Schwester meiner Mutter, war mit einem Großbauern verheiratet. In Onkel Richard, einen schneidigen jungen Leutnant, der im 1. Weltkrieg gedient hatte und sich in unserer Stadt ein paar Wochen aufhielt, verliebte sich Tante Anna Hals über Kopf. Jeden Abend, wenn Anna ein Bier für ihren Vater beim gegenüberliegenden Gasthof holte, trafen sich die beiden heimlich. Da die Mädchen zur damaligen Zeit ziemlich naiv waren, passierte „es" auch gleich. Anna wurde schwanger. Heiraten war ein eindeutiges „Muss" und so verschlug es das Stadtmädchen aufs Land. Besagter Onkel Richard verfügte nicht nur über Landwirtschaft, sondern auch eine Bäckerei und eine Gastwirtschaft. Er und seine Frau hatten noch weitere vier Kinder zusammen. Meine

Schwester war in dieser Großfamilie herzlich aufgenommen worden. Es mangelte ihr an nichts. Trotzdem blieb die Sehnsucht nach ihrer Mutter und unserem Zuhause.

So beschloss Mutter, ihr Versprechen einzulösen.

Transportmöglichkeiten waren kurz nach Kriegsende sehr eingeschränkt, denn Deutschland befand sich in einem desolaten Zustand. Züge fuhren nur streckenweise und nicht regelmäßig. So wusste Mutter wohl, dass sie sich auf öffentliche Transportmittel, nicht verlassen konnte. *Selbst ist die Frau,* sagte sie sich und packte eines Morgens ihren Rucksack mit dem Nötigsten an Kleidung für mich und sich selbst sowie Proviant für unsere Reise nach Tröstau.

Sie setzte mich in ein winzig kleines Leiterwägelchen und marschierte einfach los Richtung Nürnberg-Fischbach. Diese Entscheidung war gut, denn an der Autobahnauffahrt in Fischbach hatte sie wenigstens die Chance, eventuell von einem Lastwagenfahrer mitgenommen zu werden. Fröstelnd harrte sie an der Autobahn aus, musste aber nicht lange warten, bis ein großer Laster neben ihr hielt.

„Junge Frau, was machen Sie denn so früh schon an der Autobahn", rief ihr der Lastwagenfahrer durch das heruntergekurbelte Fenster zu. „Ich bin auf dem Weg nach Tröstau Richtung Hof. Können Sie mich wenigstens ein Stück mitnehmen?", antwortete meine Mutter hoffnungsvoll.

„Na, da haben Sie aber Glück. Ich fahre ins Fichtelgebirge, muss meine Ladung in Nagel abliefern. Das ist nicht weit weg von Tröstau. Die letzten Kilometer müssen Sie dann noch laufen.

Steigen Sie ein mit Ihrem Kind. Das Wägelchen stell ich hinten auf den Anhänger." Gesagt, getan. Vielleicht hatte der Fahrer auch eine Familie und Mitleid mit uns? Mutter stieg ein, nahm mich auf den Schoß und stellte den Rucksack zwischen die Beine und so fuhren wir los.

Der Lastwagenfahrer war redselig und in kürzester Zeit waren beide in ein Gespräch verwickelt. Meine Mutter verriet ihm den Grund unserer Reise. Sicher tat es auch ihm gut, eine nette Gesprächspartnerin zu haben, sonst wäre es für ihn doch eine lange einsame Fahrt gewesen. Nach geraumer Zeit bekam ich Hunger. Mutter kramte im Rucksack und ein paar belegte Brote sowie eine Kanne Malzkaffee kamen zum Vorschein. Wir hielten an und machten eine kleine Rast am Wegesrand. Sie teilte unsere Brote mit dem Fahrer und wir Drei genossen den warmen Kaffee in der frühen Morgenstunde.

Es war eine lange Fahrt, die Straße war schlecht und oft mussten Schlaglöcher umfahren werden. Der Fahrer fuhr vorsichtig und kam nur langsam voran. Eine Zeit lang fuhren wir an der Pegnitz entlang. Dann durchquerten wir den Fränkischen Jura, eine Gebirgskette, die sich bis nach Bayreuth zieht. Nachdem wir Bayreuth hinter uns gelassen hatten, ging es Richtung Hof und schließlich bogen wir bei Bad Berneck ab Richtung Wunsiedel. Inzwischen schlief ich tief und fest, den Kopf auf den Schoß meiner Mutter gebettet. Das monotone Geräusch des Motors hatte mich schnell in den Schlaf befördert.

Als ich wieder aufwachte, hatte sich die Landschaft sehr verändert. Wir waren mitten im Fichtelgebirge. Große dunkle Fichten säumten die Straße, ein fast undurchdringlicher Wald. In der Ferne konnte man den Schneeberg erkennen, der in der Sonne erstrahlte. Bald würden wir die Europäische Wasserscheide (777m über dem Meeresspiegel) erreichen. Hier teilen sich die Flüsse, die nach Norden hin in die Nordsee fließen, wie die Saale und der rote und weiße Main. Roter und weißer Main vereinigen sich zum Main und münden wiederum in den Rhein. Naab und Regen dagegen fließen gen Süden und münden in die Donau.

Je näher wir dem Ziel kamen, desto holpriger wurde die Straße. Schließlich sagte der Lastwagenfahrer, dass er bald abbiegen müsste. Am „Silberhaus", einem kleinen Gasthof direkt an der Landstraße, setzte er uns ab. Mutter bedankte sich herzlich bei dem Fahrer. „Vergelts Gott", sagte sie. „Keine Ursache", erwiderte er und schüttelte ihre Hand. Mir strich er leicht über den Lockenkopf und schwang sich auf den Fahrersitz. Er winkte uns noch zu und brauste dann davon.

Mutter setzte sich auf das Holzbänkchen vor dem Gasthaus. Sie wollte noch etwas verschnaufen, bevor sie den 5 Kilometer langen Marsch in Angriff nahm.

Das Leiterwägelchen mit mir hinter sich herziehend, machte sie sich sodann auf den Weg.

Es war bereits später Nachmittag, als wir den kleinen Bach, die „Rösla", überquerten und die Hauptstraße entlang geradewegs auf das „alte Wirtshaus" zusteuerten.

Angekommen, wurden wir zu unserem Erstaunen bereits erwartet. Wie das? Das Rätsel wurde von Tante Anna gleich gelöst: Ein früherer Gauleiter, so verriet sie uns, hatte uns beide unterwegs gesehen und die Nachricht der Tante überbracht. Meine Schwester Frieda stand trotz der guten Nachricht weinend vor der Wirtshaustür und fiel Mutter gleich in die Arme. Mutter drückte sie lange und küsste ihre Tränen weg. Niemand kümmerte sich in all der Wiedersehensfreude um mich. So hielt ich mich ängstlich am Rockzipfel meiner Mutter fest. Nach der Begrüßung gab es Kaffee und Kuchen im Gastzimmer. Selbstgebackener Kuchen von Onkel Richard kam auf den Tisch! Beim Kaffeetrinken taute ich langsam auf. Spätestens dann, als Frieda sowie meine Cousins und Cousinen mir anboten, mich in den Stall mitzunehmen, um die neugeborenen Ferkel und Kälbchen zu bestaunen, hatte ich meine Scheu verloren. Dies war der Anfang meiner jährlich wiederkehrenden Ferien in Tröstau auf dem Bauernhof bei Tante und Onkel und deren Familie.

Tante Anna konnte meine Mutter dazu überreden, noch ein wenig Urlaub bei ihr zu machen, zumindest bis die Züge wieder regelmäßig fuhren. So verbrachten meine Schwester und ich noch eine schöne und erlebnisreiche Zeit mit unseren Cousins und Cousinen. Selbst heute ist das enge Familienband, das wir damals knüpften, noch vorhanden.

Ferienerlebnisse in Tröstau

Während der Nachkriegsjahre verbrachte ich meine Sommerferien fast immer in Tröstau. Viel Spaß hatten wir mit den Kindern meiner Tante Anna aber auch mit unseren anderen Cousins und Cousinen, Hans und Else, den Kindern von Onkel Karl, dem jüngeren Bruder meiner Mutter.

Mit Ferienbeginn flüchteten wir uns alle aufs Land, auf den Bauernhof von Tante Anna und Onkel Richard. Wir freuten uns schon auf die Spiele in freier Natur – meist weit weg von den Erwachsenen. Wir mussten nur durch die Haustür nach draußen treten, da warteten schon Abenteuer aller Art auf uns.

Die Scheune lockte mit dem Heuboden. Eine steile Leiter führte ins Obergeschoss. Für uns Kinder war es ein Riesenspaß, von dort aus durch eine große viereckige Öffnung auf den Boden zu springen, direkt auf das Heu. Es war ein gefährliches Spiel. Die Erwachsenen hatten es uns zu Recht verboten, denn eine unabsichtlich liegengebliebene Heugabel hätte uns Kindern große Verletzungen zufügen können. Wir hüpften trotzdem und waren uns der Gefahren nicht bewusst.

Die „Rösla", der kleine Bach, der durch das Dörfchen fließt, war auch ein interessanter Ort für uns. Die meisten Kinder trafen sich dort. Wir wateten bis zu den Knien im Bach, versuchten Fische zu fangen, verjagten die Enten und Gänse, die schnatternd und zischend vor uns davon liefen. Vor den Gänsen hatte ich allerdings einen Heidenrespekt. Sie konnten nämlich ganz schön beißen.

Wenn die Heuernte begann, durften wir Kinder uns auf den großen Erntewagen setzen. Bis wir dann auf den Feldern angekommen waren, waren wir ordentlich durchgerüttelt, was unserer Freude aber keinen Abbruch tat. Auf den Kornfeldern angekommen, liefen wir hinter der Mähmaschine her und sammelten die Ähren auf. Ich erinnere mich noch gut an die großen Heuschober, die wie kleine Indianertippis aussahen. In unserer Fantasie waren wir Indianer, die von den US-Kriegern gejagt wurden. Mittags kam dann eine Magd und brachte für uns alle Essen und Getränke. Tante Anna hatte liebevoll einen großen Picknick-Korb mit frischem Brot, Butter, geräuchertem Schinken, Käse und Früchten gepackt. Im Schatten eines großen Baumes saßen wir am Wegesrand und genossen die gemeinsame Mittagspause. Auch Onkel Richard legte sich zu uns ins Gras und machte ein kleines Nickerchen. Danach ging es mit der Arbeit, dem Mähen, weiter.

Bis spät in den Nachmittag hinein blieben wir auf den Feldern. Wenn die Sonne schon fast am Untergehen war, setzten wir uns auf den hoch beladenen Heuwagen und fuhren lachend durch den Hohlweg zurück zum Hof und in die Scheune.

So verging ein Ferientag nach dem anderen.

An ein gefährliches Erlebnis kann ich mich noch gut erinnern: Mein Cousin Hans sollte die Kühe zusammen mit Karl, seinem älteren Cousin, auf die Weide treiben. Hinter der Scheune befand sich eine kleine Steinmauer. Dahinter begannen die Wiesen. Karl trieb die Kühe aus dem Stall und lief vorne weg. Hans lief am Schluss der Herde und führte eine Kuh an einer Kette. Ein kleines Kalb lief seiner Mutter hinterher. Ich ergriff die dicke Schnur, die man dem Kälbchen um den Hals gebunden hatte, und wollte es ebenfalls auf die Weide führen. Stolz trabte ich also Hans hinterher. Auf einmal fing die Kuh, die Hans führte, aus einem unbekannten Grunde an zu rennen, mein Kälbchen natürlich hinterher. Ich hatte mir die Schnur mehrmals um die Hand gewickelt, und da ich noch klein war und nicht so schnell laufen konnte, stolperte ich und fiel hin. Mein Kälbchen rannte jedoch weiter und schleifte mich laut schreiend mit. Zum Glück erfasste Hans sofort, in welch gefährlicher Lage ich mich befand. Er ließ seine Kuh los und stürzte sich auf das Kälbchen. Hans war ein großer und starker halbwüchsiger Junge. Er konnte das Kälbchen zum Stehen bringen und mich von meinem Strick, der tief in meine Hand schnitt, erlösen. Die ganze Sache hätte dümmer ausgehen können. Ich hatte noch einmal Glück gehabt. Die Verletzung war nicht so groß und die Wunde heilte in ein paar Tagen. Von den Kühen hielt ich mich in Zukunft fern.

Trotzdem überwiegen die positiven Erinnerungen an meine Ferienzeit! Wenn ich heute meine Verwandten auf dem Bauernhof besuche, mit dem Auto über die „Rösla" fahre, dann tauchen die Kindheitserinnerungen wieder auf. Ich erkenne jedes Haus und jeden Trog davor. Wenn ich lächelnd über die Hauptstraße bis zum „Alten Wirtshaus" fahre, kommt es mir vor als wäre ich nie weg gewesen. Ein herrliches Gefühl der Zugehörigkeit empfinde ich dann. Ich bin angekommen!

Das kleine Brot!

Wie oft in den Nachkriegsjahren verbrachte ich meine Sommerferien in Tröstau auf dem Bauernhof bei Tante Anna und Onkel Richard.

Onkel Richard war ein wohlhabender Bauer und besaß nicht nur einen Hof, sondern auch eine Gastwirtschaft sowie eine Bäckerei, denn er war gelernter Bäcker. Noch fast mitten in der Nacht stand er auf und buk Brote für die Dorfbewohner. Wenn ich dann früh morgens noch schläfrig aus dem Bett kroch, durchzog der Duft der frisch gebackenen Brote bereits das ganze Haus. Mein erster Weg führte mich stets in die Backstube.

Dort stand Onkel Richard, eine weiße Schürze um den Bauch gebunden. In der Hand eine lange Holzstange, die an einem Ende wie eine Schaufel aussah, vor dem steinernen Backofen. Er schob die Brote hin und her. Die bereits fertigen holte er mit dem Schieber heraus und legte sie auf den großen Brottisch, der in der Mitte des Raumes stand. Neugierig beobachtete ich sein Tun.

„Guten Morgen, Onkel Richard", sagte ich und zupfte ihn an seiner Schürze. Da drehte er sich zu mir um und antwortete: „Na, du kleine Frühaufsteherin, sieh mal, was ich für dich gebacken habe." Mit einer ausladenden Armbewegung zeigte er auf den Brottisch. Dort, am Rande neben den riesigen Brotlaiben lag ein kleines Brot, nicht größer als zwei Semmeln. Glänzend und knusprig braun gebrannt. „Das Kleine ist für dich, das darfst du ganz alleine essen. Heute Morgen hab ich es für dich gebacken." Schnell nahm ich das Brot und legte es in meine bunte Schürze. Voller Freude drückte ich Onkel Richard einen dicken Kuss auf die unrasierte Wange. Seine Augen leuchteten. Sie waren so blau wie der Himmel an einem schönen Sommertag. Wahrscheinlich um seine Verlegenheit zu verbergen, gab er mir einen kleinen Klaps auf den Po mit den Worten: „Geh dich erst mal waschen und kämmen, bevor du frühstücken gehst." Diese Aufforderung Onkel Richards hatte ich jedoch gleich wieder vergessen, sobald ich die Tür zur Backstube geschlossen hatte. Ich rannte mit meinem Brot in der Schürze zu Tante Anna in die Küche und zeigte es ihr. Freudestrahlend erzählte ich, dass es Onkel Richard nur für mich alleine gebacken hatte. Sie lächelte und bewunderte mein Brot gebührend. Ich wollte aber noch mehr bewundernde Worte erhalten. So rannte ich, ungewaschen wie ich war, zu den Nachbarn, den Baumanns, gegenüber und zeigte auch ihnen stolz mein Brot. Fröhlich und vergnügt hüpfte ich die Straße entlang und zeigte jedem, der es sehen wollte mein Brot. Schließlich hatte ich genug bewundernde Worte von der Nachbarschaft eingeheimst und kehrte zurück zu Tante Anna. Am großen Frühstückstisch, wo bereits meine Cousins und Cousinen sowie die Mägde und die Knechte saßen, schnitt ich mein Brot an. Mit fingerdick Butter und etwas Schnittlauch darauf, biss ich genüsslich hinein.

Kann man heutzutage einem Kind noch so viel Freude bereiten – nur mit einem kleinen selbstgebackenen Schwarzbrot?

Familie

Zwei ungleiche Schwestern

Unterschiedlicher können Schwestern nicht sein.
Meine Schwester und ich sind nicht nur äußerlich, sondern auch vom Charakter her sehr verschieden. Sie, die Ältere, blond und blauäugig wie mein Vater und etwas pummelig. Ich der dunkle Typ: dunklere Haare, dunklerer Teint, grünbraune Augen, dünn und quirlig. Einig waren wir uns fast nie. Sicherlich war einer der Gründe, dass sie, die Erstgeborene von meinem Vater abgöttisch geliebt wurde. Sie war seine kleine Prinzessin. Ich dagegen war nur die Zweite. Meine Mutter wurde noch einmal schwanger mit mir, als Vater schon den Wehrmachtsbefehl in der Hand hatte. Im Juni 1940 kam ich auf die Welt. Vater war bereits an der Front, durfte aber Heimaturlaub nehmen, weil seine Frau ein Kind geboren hatte. So war das damals im „Reich". Wie enttäuscht war er über das Mädchen. Mein Vater hatte sich so sehr einen Jungen gewünscht!

Davon erfuhr ich erst viele Jahre später. Aber wahrscheinlich spürte ich es schon länger, denn ich wollte immer ein Junge sein und spielte auch die Spiele der Buben als ich dann älter war: mit Autos, mit Eisenbahnen, Indianer- und Cowboy-Spiele. Meine Lektüre beschränkte sich auf Winnetou und Shatterhand und allen anderen Carl-May-Romanen. Von „Trotzkopf", „Trotzkopfs Brautzeit und Ehe", den damals sehr beliebten Mädchenbüchern, wollte ich nichts wissen.

Aber einmal wagte ich mich noch auf weibliches Terrain.

Meine Schwester besaß eine wunderschöne Puppe, die sie von einer entfernten Tante geschenkt bekommen hatte. Der Kopf der Puppe war aus Porzellan. Schlafaugen mit langen Wimpern hatte sie und blondes, lockiges Haar umrahmte ihr Gesicht. Zu gerne wollte ich nur einmal mit ihr spielen.

Tante Frieda war gerade zu Besuch und so fragte ich sie, ob ich mit der Puppe spielen durfte, da sich meine Schwester gerade in der Schule befand. Tante Frieda hatte nichts dagegen. Überglücklich zog ich die Puppe aus, wickelte sie, sang ein Gute-Nacht-Lied und wiegte sie in den Schlaf. Nach einer Weile zog ich sie wieder an, bürstete ihr das blonde Haar und nahm sie schließlich in den Arm, um mit ihr etwas spazieren zu gehen. Ich lief die Amalienstraße entlang und präsentierte den Nachbarinnen stolz meine Puppe. Plötzlich kam mir eine Schar Schulmädchen entgegen, darunter auch meine Schwester. Ich weiß nicht mehr, wer mehr überrascht war über diese Begegnung. Sie oder ich. Die Schule war eine Stunde früher aus gewesen. Ich hatte natürlich nicht damit gerechnet, ihr in die Arme zu laufen. „Warum hast du meine Puppe genommen", fuhr sie mich erbost an. „Tante Frieda hat es mir erlaubt", erwiderte ich schnippisch. Meine Schwester schluckte, dann wandte sie sich ab. Sie tuschelte mit ihren Freundinnen und sagte sodann: „Nun, dann können wir ja gemeinsam einen Spaziergang mit der Puppe machen." Sie lockten mich in die

Benno-Mayer-Straße, die nächste Seitenstraße. Dort waren noch deutlich die Spuren des Krieges zu sehen. Das Eckhaus war total heruntergebrannt. Schutt und große Zementblöcke lagen verstreut umher. Plötzlich entriss mir meine Schwester die Puppe. Ihre Freundinnen packten mich an beiden Armen und zerrten mich zu einem großen viereckigen Stein. Ich war vier Jahre jünger und viel zu schwach um mich zu wehren. Sie drückten mich kopfüber auf den rauhen Stein und hielten mich fest. Meine Schwester hob mein Röckchen, zog mein Höschen herunter und schlug mir mit der flachen Hand auf den nackten Po. Wie eine Furie schlug sie auf mich ein und schrie dabei: „Das hast du nun davon. Nimm bloß nie wieder meine Puppe!" Ich schrie wie am Spieß. Endlich ließ sie von mir ab. Ich rannte heulend nach Hause.

Selbstverständlich hatte diese Episode ein Nachspiel für meine Schwester. Für mich den Erinnerungseffekt: Ich spielte nie wieder mit einer Puppe!

Ich flüchtete mich in die Arme meines Teddybären und blieb ihm treu, bis ich längst erwachsen war und nach Sri Lanka auswanderte. Zu der Zeit hatte ich schon Mann und zwei Kinder.

Meine Familie in der Schuhschachtel!

Es ist Sonntag! Also Ruhe, Besonnenheit, Erinnerungen!

Asta, meine Labradorhündin, und ich haben unseren Sonntagsspaziergang am Strand bereits hinter uns. Sie liegt nun leicht schnarchend neben mir. Ich habe es mir in meinem etwas altersschwachen aber recht bequemen Korbsessel gemütlich gemacht. Ein alter roter Schuhkarton liegt auf meinem Schoß. Er dient zur Aufbewahrung meiner alten Familienfotos. Heute habe ich mal wieder Lust, die Fotos von der Familie sowie von längst vergessenen Bekannten und Freunden anzusehen. Ich ziehe ein Foto nach dem anderen aus der Schachtel, betrachte es eingehend und hänge meinen Erinnerungen nach. So ein Sonntag ist ideal, um in Ruhe den Gedanken zu folgen, die wie kleine weiße Wölkchen am Himmel vorüberziehen.

„Asta, du alte Schlafmütze, guck doch mal! Das ist das Hochzeitsbild meiner Eltern! Vater im dunklen Anzug mit Sträußchen im Knopfloch, das hellblonde Haar gescheitelt und zur Seite gekämmt. Mutter im langen weißen Kleid mit Schleppe, einem Kränzchen aus Myrthe auf dem schwarzen Haar und ein Rosensträußchen in den Händen. Beide schauen ernst drein. Eine Ehe im Jahre 1934 einzugehen, war schließlich ein Risiko. Hitler hatte im Jahr zuvor die Macht ergriffen, Antwort auf die Arbeitslosigkeit und Depression nach der Weltwirtschaftskrise. Aber das interessiert dich doch alles gar nicht, Asta." So spreche ich laut vor mich hin.

Was ist denn das hier! Ein Kriegsfoto von Vater! Vater im langen dunklen Militärmantel mit schweren Stiefeln, einer Militärmütze, die Hände auf dem Rücken verschränkt. Er sieht hager und ernst aus. Er steht vor einer Holzhütte. Weit und breit nur weißer Schnee! Das muss eines der letzten Fotos von ihm gewesen sein, denn im November 1943 ist er gefallen! Auf der Rückseite des Bildes steht: Stalingrad 1943. Dein Dich liebender Fritz.

Arme Mutter! Nun alleine mit zwei kleinen Mädchen.

Ich wühle weiter in meiner Schachtel und ziehe ein Foto von Tante Frieda und Onkel Karl heraus. Beide gehen im Laufschritt eine Promenade entlang. Im Hintergrund rechts befindet sich ein Bootshaus und sonst nichts als Meer, blaugraues Meer mit kleinen Wellen, die ans Ufer schlagen. Der Himmel ist etwas trüb, das Kopftüchlein der Tante flattert im Wind. Der Onkel trägt eine Batschkappe und hält seinen Spazierstock mit Silberknauf fest in der Hand. Diesen Spazierstock kenne ich noch sehr gut, denn mein Onkel war immer stolz auf ihn. Es gab eine Gravur darauf, sicher anlässlich eines Jubiläums. Aber ich kann mich nicht mehr erinnern, worum es ging.

Tante Frieda, die acht Jahre ältere Schwester meiner Mutter, sowie Onkel Karl, der ältere Bruder meines Vaters, waren zwei Menschen, die in meiner Kindheit eine große Rolle spielten. Da wir praktisch doppelt verwandt waren, fühlten sie sich nach dem Tode meines Vaters besonders verantwortlich für uns Kinder. Onkel Karl versuchte an uns Vaterstelle zu vertreten.

Tante und Onkel waren kinderlos. Sie wohnten in einem Reihenhäuschen mit Gärtchen am Ende unserer Straße. Dies war mein zweites Zuhause. Oft ging ich nach der Schule, wenn Mutter beschäftigt oder beim Einkaufen war, gleich zu Tante Frieda. Onkel Karl war berufstätig, obwohl er blind war. Er verlor sein Augenlicht im Ersten Weltkrieg. Nach seiner Rückkehr 1918 konnte er seinen Beruf als Lithograph nicht mehr ausüben. Aber er wollte arbeiten, seinen Mann im Leben stehen, das sagte er immer. So bekam er schließlich Arbeit als Rechtshelfer beim Amtsgericht in unserer Stadt, wohin er täglich von Tante gebracht wurde. Ein Kollege nahm ihn am Feierabend wieder mit nach Hause. Oft durfte auch ich den Onkel von der Straßenbahn abholen. Ich lernte sehr schnell, wie man mit einem Blinden umgeht. An Samstagen machten wir lange Spaziergänge zusammen und beim Überqueren einer Straße sagte ich dann: „Onkel, eine Stufe", oder bei einer Unebenheit auf dem Gehsteig warnte ich ihn: „Pass auf, eine lose Platte, eine Wurzel", falls wir uns im Wald befanden. Der Onkel kannte sich gut in der Vogelwelt aus. Oft bat er mich, doch das Vögelchen, das gerade so schön zwitscherte, zu beschreiben. Ich musste dann einen Finken, einen Buntspecht, einen Eichelhäher, eine Amsel oder ein Rotkehlchen mit seinem roten Brüstchen und den kleinen Knopfaugen auf seinen spindeldürren Beinchen beschreiben. Ich lernte viel von ihm und mit der Zeit wurde ich „seine Augen". Der Onkel konnte auch Klavierspielen und bezahlte auch meinen Klavierunterricht. Er konnte Blindenschrift lesen; er las deshalb viele Bücher. Sie waren groß und schwer. Diese Bücher mit ihren vielen Pünktchen, die die Funktionen von Buchstaben hatten, faszinierten mich. Auf seinem kleinen Schreibgerät lehrte er mich auch die Blindenschrift, die ich inzwischen längst vergessen habe. Ich war seine Lieblingsnichte und das wusste ich auch. Manchmal, so muss ich gestehen, zog ich auch meinen Nutzen daraus, so wie das wohl die meisten Kinder getan hätten.

Wenn meine Mutter, Witwe mit einem kleinen Einkommen, kein Geld für Schlittschuhe aufbringen konnte, ging ich zu meinem Onkel, um ihm meinen Wunsch vorzutragen. Eine Gelegenheit wie Geburtstag oder Weihnachten oder vielleicht auch eine Eins in Erdkunde und Geschichte gab es immer. Die Schlittschuhe wurden dann mein stolzer Besitz.

Der Onkel, klein von Statur und mit Bäuchlein, konnte mit seinen muskulären Beinen stundenlang laufen, viel länger als ich. Er war gut genährt, dafür sorgte schon Tante Frieda. Er hatte ein rundes Gesicht, volle Lippen, den Kopf fast kahl mit einem Kranz von weißen Haaren. Seine Augen waren leider ausdruckslos durch die Blindheit. Das eine Auge war wässrig getrübt und das andere klar, jedoch mit einem Riss in der Mitte. Ein Splitter hatte die Iris zerrissen. Aber weinen konnte der Onkel, wenn er traurig war. Es kam allerdings nur ganz selten vor, dass er seinen Gefühlen freien Lauf ließ, so zum Beispiel als seine Mutter starb. Er musste sie sehr geliebt haben.

Der Onkel konnte aber auch viel lachen. Und das liebte ich an ihm! Er war in allem, was er tat, so positiv, obwohl er doch wirklich Grund genug gehabt hätte, sein Leben negativ zu sehen. Aber nein, er suchte in allem etwas Positives, wollte auch als Blinder sein Leben meistern. Und die Tante stand ihm dabei treu zur Seite.

Es hat mich immer wieder erstaunt, wie sich seine anderen Sinne: der Tastsinn, der Geschmackssinn, der Gehörsinn, der Geruchssinn fast mehr als normal herausgebildet hatten, als wollten sie das Defizit des Nichtsehenkönnens ausgleichen.

Noch sehr gut erinnere ich mich an den Tag, als er nach Hause kam und gleich zu seiner Frau sagte: „Ach, meine Liebe, du hast heute Besuch gehabt." Meine Tante sah ihn erstaunt an und erwiderte: „Wieso weißt du das?" „Na ja", antwortete er, „da liegt so viel Sand auf den Fliesen. Da müssen Fremde hier gewesen sein, denn wenn es deine Schwester oder ihre Kinder gewesen wären, läge kein Sand auf den Fliesen. Die streifen sich nämlich die Füße immer richtig ab!"

Mein Onkel war ein Kapitel für sich. Er war gerade heraus mit seinen Äußerungen, Diplomatie war ihm fremd, die lernte ich eher von Tante. Sie musste oft ausgleichend wirken, wenn der dicke kleine Onkel wieder einmal andere Menschen durch seine Direktheit verletzt hatte. Aber ich liebte ihn trotzdem!

Jugend

Aus der Enge in die Freiheit[1]

Kleinstadtmief ade!

Ende Juni 1958 feierte ich meinen 18. Geburtstag. Ich traf klamm-heimlich alle Vorbereitungen für einen Auslandsaufenthalt als „Au Pair-Mädchen" in den Vereinigten Staaten. Nur das Visum stand noch aus – sowie das Gespräch mit meiner Mutter! Letzteres würde die größere Hürde sein. Und so kam es dann auch!

Mutter fing gleich an zu weinen, als ich ihr von meinem Vorhaben berichtete. „Warum denn gleich so weit weg mein Kind? Gefällt es dir denn nicht mehr zu Hause?" „Natürlich bin ich gerne zu Hause, Mutti, aber das eine hat doch mit dem anderen nichts zu tun. Ich möchte ganz einfach meine Englischkenntnisse erweitern. Du weißt doch, dass ich mich für Sprachen interessiere!" „Verstehe ich, aber das könntest du doch schon ebenso gut in England, das liegt nicht so weit weg wie Amerika!" Letztendlich bekam ich selbst Bedenken und entschied mich für England.

Mutters gute Nachbarin, Frau Groß, wurde zu Rate gezogen, denn ihre älteste Tochter, Christine, war

[1] Bereits erschienen in „Von Landpomeranzen und mondsüchtigen Leoparden" ISBN 978-3-7322-8076-6

bereits seit einem Jahr in London und bereitete sich dort auf das Proficency vor. Nach mehreren Telefonaten mit Christine und meiner Registrierung bei einer Agentur, die „Au Pair-Mädchen" vermittelte, stand meiner Reise nach London nichts mehr im Wege.

Es war ein sonniger, aber kühler Julitag. Mein schwarzer Koffer stand gepackt in der Ecke. Das neue dunkelblaue, weiß paspelierte Kostümchen mit den dazu passenden blauen Pumps sowie dem blauen Handtäschchen hing am Schlafzimmerschrank. Mein äußeres Outfit war komplett und ich selbst war sehr gelassen. Mich hatte das Reisefieber noch nicht gepackt.

Immer wieder klingelten ein paar Nachbarn, um Adieu zu sagen. Als Patentante Frieda und Onkel Karl eingetroffen waren, fuhren wir zum Bahnhof.

Dieser war schnell erreicht, ein kleiner übersichtlicher Bahnhof mit nur wenigen Gleisen. Nun standen wir, meine Mutter, meine Schwester, die Patentante, der Onkel und ich auf der Plattform und warteten auf das Eintreffen des Zuges. Natürlich waren wir viel zu früh da. So blieb noch Zeit, um mir die letzten Weisungen meiner Mutter anzuhören, wie zum Beispiel: „Sei vorsichtig und halte Dich fern von fremden Männern!" *In England werden sie mir ohnehin alle fremd sein, Männer wie Frauen,* dachte ich. „Gib dir Mühe in der neuen Familie."

Ich hörte nur mit einem Ohr hin. Meine Gedanken waren bereits woanders. Die Reise sollte mich bis nach Calais und dann mit der Fähre über den Ärmelkanal und von dort aus mit einem Regionalzug nach London bringen.

Das quietschende Bremsgeräusch des Zuges brachte mich in die Gegenwart zurück. Ein letzter Kuss der Mutter, eine letzte Umarmung der Patentante. Mit Hilfe meiner Schwester Frieda hievte ich den Koffer in das Abteil. Ich öffnete das Fenster für ein letztes Lebewohl. Meiner Mutter kullerten die Tränen über die Wangen. „Nicht weinen, Mutti. Ich schreibe auch gleich nach meiner Ankunft." Der Zug setzte sich in Bewegung. Ich nahm mein weißes selbst umhäkeltes Spitzentaschentüchlein aus der Tasche und winkte meinen Angehörigen zu, bis ich die Personen am Bahnsteig nicht mehr erkennen konnte. Danach sank ich in meinen Sitz am Fenster und dachte: Und jetzt geht es in die große weite Welt!

Danach fand ich Zeit, meine nähere Umgebung zu betrachten. Mir gegenüber im Abteil saß eine ältere Dame: hellgraues Kostüm, weiße Bluse mit Kragen, zugeknöpft bis zum Hals, das Haar zu einem Knoten im Nacken gebunden. Ein Buch lag in ihrem Schoß. Sie lächelte mich freundlich an und ich lächelte zurück.

Der rundliche Herr schräg gegenüber in der Ecke beschäftigte sich mit der Tageszeitung. Viel Zeitung war zu sehen, wenig Herr! Aber die goldene Uhrkette lugte dahinter hervor. Sicher trug er eine goldene Taschenuhr wie mein Onkel Karl, auf dessen Uhr sogar seine Initialen eingraviert waren.

Nun vergewisserte ich mich, ob mein Koffer auf der Ablage gut verstaut war und ob sich meine Papiertüte mit Wasserflasche, Becher und einigen belegten Broten in Reichweite befanden. Bis Calais waren es immerhin einige Stunden Fahrt.

Ich hatte das Gefühl, hier im Abteil gut aufgehoben zu sein, und lehnte mich genüsslich in meinem Polstersitz zurück, das blaue Täschchen mit Pass, Reiseunterlagen und dem Geld fest an mich gedrückt. Ich schloss die Augen. Nun endlich hatte ich Ruhe nach all den Reisevorbereitungen und dem Abschiednehmen, um nachzudenken. Meine Gedanken flitzten wie Schlittschuhläufer an mir vorbei. *Warum hatte meine Mutter geweint? Warum machte sie sich Sorgen um mich? Ich bin doch erwachsen! Ich kann meine Entscheidungen ganz alleine treffen, unabhängig von dem, was andere möchten oder für mich für gut hielten. Hatte ich nicht alles für England alleine organisiert?*

Ein neuer Lebensabschnitt mit fremden Menschen, viele neue Erlebnisse erwarteten mich, von denen ich nur ahnen konnte. Ich freute mich darauf, endlich keine Rücksicht nehmen zu müssen auf Konventionen, die Enge der Kleinstadt, die kleinkarierten Ansichten der Nachbarn.

Was hatte doch die Nachbarin am letzten Sonntagmorgen beim Brötchenholen zu mir gesagt? „Na, Elisabeth, gestern ist es wieder spät geworden. Der Borgward stand noch lange unter meinem Fenster, bis er endlich abfuhr." Ich gab ihr keine Antwort und dachte nur: War diese Frau denn niemals jung gewesen? Günter hatte mich nach der Tanzstunde heimgefahren. Da hatten wir halt im Auto noch ein wenig geknutscht. Das war aber auch schon alles. Nachts um eins vermutet man niemanden am Fenster im ersten Stock!

Raus aus dem kleinbürgerlichen Denken, das wollte ich schon lange!

Eine Zigarette rauchen, ohne dass ich mich hinter der nächsten Hauswand verstecken musste: schwarze schicke Kleidung und knalligen orangefarbigen Lippenstift tragen – das war übrigens „in" – ohne dass die Nachbarin sagte: Wie sieht denn die Tochter von Frau L. heute wieder aus! Frau L. ist doch so eine biedere Frau!

All das und mehr wollte ich zurücklassen!

Und was erhoffte ich mir noch?

Beruflich erfolgreich werden wollte ich. England, Proficency, Paris-Sorbonne-Auslandskorrespondentin. Das war mein Plan.

Junge Menschen, aufgeschlossen für Neues wie ich, wollte ich kennen lernen, ganz gleich welcher Rasse und Nation. Klischeevorstellungen und Vorurteile–dagegen wollte ich angehen. Mein Kopf war voll von Ideen, wie man die Welt und das Zusammenleben in unserer Gesellschaft verbessen könnte!

Sehr weit kam ich dann allerdings doch nicht mit meinen Gedanken, denn die Vorbereitungen für die Reise, eine Nacht voller aufregender Träume und ein langer Tag hatten mich müde gemacht. Das monotone Geräusch der Eisenbahnräder hatte mich schnell in den Schlaf befördert.

Als ich wieder erwachte – ich weiß nicht, wie lange ich geschlafen hatte – sah die Landschaft ganz verändert aus. Weite Wiesen und Felder erstreckten sich bis in die Ferne, unterbrochen von schlanken Pappeln, die als Windbrecher dienten. Das Laub der Pappeln glitzerte in der Abendsonne wie Lametta an einem Weihnachtsbaum. Kühe, schwarz-weiß ge-fleckt, standen auf der Weide wie in einem Bilder-buch. Ab und zu sausten wir an einer alten Windmüh-le vorbei, die ihre Arme wie Hilfe suchend in den Himmel streckte.

Die ältere Dame mir gegenüber sprach mich lä-chelnd an: „Sie haben aber gut geschlafen, wir sind schon weit im Norden." Sicher hatte sie meinen neu-gierigen Blick bemerkt. „Calais ist nicht mehr weit". *Woher wusste sie, dass ich nach Calais wollte?* Ich antwortete ihr, dass ich sehr müde wäre und noch einige Stunden bis zu meinem Ziel, London, vor mir hätte. „Ja, das ist noch eine ganze Strecke. Dann viel Glück", sagte sie.

Bevor ich mich versah, hatten wir die Küste er-reicht. Meine Mitreisenden stiegen auch aus. Ich fand den Weg zur Fähre, ging dann gleich unter Deck ins Restaurant und machte es mir dort an einem kleinen Ecktisch gemütlich. Die Überfahrt war jedoch nicht gerade, was ich erwartet hatte. Das Wetter hatte sich geändert, je weiter wir in den Norden gekommen waren. An Deck war es kühl und windig. Es dämmer-te. Bald würde es dunkel sein. Der Seegang wurde heftiger, und so flüchtete ich wieder ins Restaurant unter Deck. Da war jedoch die Hölle los. Bei Schrägla-ge der Fähre sausten alle Teller und Tassen quer über Tisch und Theke auf die tieferliegende Seite. Meine Kaffeetasse konnte ich gerade noch im richtigen Moment retten. Die Leute um mich herum wurden immer blasser und einige von ihnen gingen nach unten, denn dort waren ihnen die Toiletten näher.

Erstaunlicherweise überstand ich diese, meine erste große Schifffahrt, ohne seekrank zu werden.

In Calais angekommen, erreichte ich gerade noch meinen Zug nach London, denn die Fähre hatte sich durch das schlechte Wetter etwas verspätet.

Es war dunkel geworden, als der Zug langsam in Victoria Station einlief. Die Mitreisenden machten sich zum Aussteigen bereit. Der Herr, der sich die ganze Zeit hinter seiner Daily News vergraben hatte, bot sich an, mir den Koffer herunter zu holen. „May I help you?", fragte er und ich antwortete leise und verlegen in meinem besten Englisch: „Yes, please, thank you!"

Die ersten englischen Worte waren geschafft! Nun war ich wirklich in London!

Auf der Plattform blieb ich erst einmal ruhig stehen, ließ das Menschengewimmel an mir vorüberziehen. Die Familie Koon, meine zukünftige Ersatzfamilie, sowie meine Freundin Christine, die mich abholen wollten, würden mich dort am ehesten finden, dachte ich. Langsam wurde die Plattform leerer. Die Menschenmenge war dem Ausgang zugestrebt. Victoria Station ist ein Sackbahnhof.

Ich wartete und wartete. Das gelbe Licht der Bahnhoflampen strahlte kalt auf mich herunter. Wo blieben denn bloß die Koons? Wo blieb Christine? Gerade als sich ein mulmiges Gefühl in meinem Magen breit machen wollte, teils aus Hunger, teils aus dem Gefühl der Verlassenheit heraus, stürzte Christine auf mich zu und umarmte mich. „Gott sei Dank", brachte ich erleichtert hervor. Dann sah ich den großen, schlanken jungen Mann hinter ihr. „Das ist mein

Freund Denis", sagte Christine auf meinen fragenden Blick. Sie machte uns beide bekannt. Wie sich herausstellte, kamen die Koons nicht. Christine hatte bereits mit ihnen telefoniert und herausgefunden, dass sie sich mit der Ankunftszeit vertan hatten und schon wieder zu Hause waren. Irgendwie kam mir das sehr komisch vor. Ich wollte Christine auch deswegen gleich Fragen stellen, aber Christine wehrte ab. „Warte, ich erzähl dir alles im Auto."

Denis lächelte ein sympathisches Lächeln, drängte jedoch zum Aufbruch. „There is plenty of time to chat in the car", meinte er lachend, packte kurzerhand meinen Koffer und so machten wir uns auf den Weg.

Es sollte noch über eine Stunde dauern, bis wir endlich nach Essex kamen, einem Vorort von London. Wir quälten uns mit dem kleinen roten Mini durch den Stadtverkehr. Zum Glück hatten Christine und ich uns so viel zu erzählen, dass uns die Zeit nicht lange wurde. Ich musste ihr von zu Hause berichten und Christine fragte nach meinen Plänen. Sie versprach, mir bei der Suche nach einer passenden Schule, wo ich nachmittags zum Unterricht hingehen könne zu helfen. Diese Zeit musste mir die Familie Koon gewähren, denn Au pair bedeute ja nur eine Halbtagstätigkeit.

Ach, es gab so viel zu besprechen, dass wir kaum merkten, als Denis den Wagen anhielt. Wir waren angekommen.

Millway Gardens No. 10, ein Reihenhaus, ein typisch englisches Cottage mit Vorgarten. Soviel konnte ich auch in der Nacht erkennen!

Tücken der Freiheit

Die nächsten Wochen vergingen wie im Flug. Ich musste mich um Haus und William, den kleinen fünfjährigen Sohn, kümmern. Die Eltern waren mit ihrem Geschäft, einem Delikatessen-Laden, beschäftigt. Ich guckte abends Fernsehen mit dem Kind, brachte es auch ins Bett. Am Sonntagmorgen kam William mit seinem Lieblingsbuch „Vinnie the pooh" in mein Zimmer geschlichen, kuschelte sich in meinem Bett an mich und bat mich, ihm vorzulesen. Das tat ich dann auch, bis die Eltern endlich aufwachten. Sonntags hatte ich frei und so traf ich mich meistens mit Christine in der Stadt. Wir hatten die gleichen Interessen und unternahmen viel zusammen. Wir schlenderten durch den Hyde Park, gingen in den Internationalen Club, in dem wir Mitglieder waren, ins Theater und in Konzerte. Manchmal versumpften wir in Soho oder Chelsea, wo es so schöne Kneipen gab. Eine griechische, in der drei junge Männer tolle Musik machten, war für uns besonders anziehend. Wohlgemerkt, die Musik, nicht die Männer, an denen wir zu diesem Zeitpunkt kein Interesse hatten.

Leider kam in dieser Zeit mein Schulunterricht zu kurz. Erstens war ich bei Koons sehr beschäftigt und zweitens war es ein langer Weg, um die nächste Schule in Essex zu erreichen. Mein englisches Sprach- und Hörverständnis allerdings hatte sich durch das ständige Zusammensein mit William sehr verbessert. Auch für mich waren die Kinderbücher und TV-shows von Nutzen.

Jedoch nach drei Monaten etwa, es wurde langsam schon herbstlich, begann ich zu überlegen, dass es wohl keinen Sinn machte, wenn ich keine Chance hätte, in die Schule zu gehen. Nach einem Wortgefecht mit Frau Koon, die mich als eine Art Dienstmädchen betrachtete, verließ ich am selben Tag noch das Haus. Alles Bitten und Betteln von William und gute Worte von Herrn Koon, wie sehr sie mich doch schätzten, hinderten mich nicht an meinem Entschluss. Am Samstagmorgen verließ ich mit meinem Koffer das Haus und fuhr zu Christine. Denn wo sollte ich sonst hin? Ich kannte doch niemanden weit und breit.

Zum Glück erlaubten mir ihre Vermieter, das Zimmer mit ihr für ein paar Tage zu teilen, bis ich eine neue Unterkunft oder einen neuen Job gefunden hatte.

In einem Mädchen Hostel fand ich eine Unterkunft. Nach einigen Tagen erhielt ich mit Hilfe einer Arbeitsvermittlung auch eine neue Au pair-Stelle bei einem Junggesellen, der Schriftsteller war und bereits ein anderes deutsches Mädchen eingestellt hatte. Mit Uschi sollte ich das Zimmer teilen. Nun, das war mir recht, denn Uschi machte mir einen ganz netten Eindruck.

Aber gleich der zweite Tag bei dem Schriftsteller brachte große Überraschungen.

Abends wurden wir zu einer Party bei Freunden des Hausherrn eingeladen, irgendwo in einem mir unbekannten Viertel Londons. Da ich noch ziemlich fremd war, sagte mir die Adresse gar nichts. Uschi und ich lernten andere nette junge Leute kennen. Besonders Nina, die Gastgeberin, gab sich viel Mühe mit uns Mädchen. Die Shorteats waren gut, Getränke gab es *plenty* und Zigaretten waren *on the house*. Spät in der Nacht kehrten wir dann mit unserem Arbeitgeber, dem Schriftsteller, zurück und standen plötzlich vor einer vernagelten Haustür. Große Verwunderung! Uschi und mir erzählte Herr Sowieso, dass er Streit mit dem Eigentümer des Hauses gehabt hätte, und das wäre nun wohl das Resultat. Er würde aber am nächsten Tag alles aufklären und in Ordnung bringen. Heute müssten wir jedoch leider mit ihm zurück zu Nina und Bob. Gesagt, getan. Uschi und ich waren hundemüde und deshalb froh, bei Nina und Bob ein Bett zu finden. An diese erste Nacht bei Nina kann ich mich kaum noch erinnern. Es sollte allerdings nicht die letzte sein. Die Angelegenheit zwischen Herrn Sowieso und dem Eigentümer konnte nicht so schnell geklärt werden wie gedacht. Uschi und mir gefiel das Herumsitzen bei Nina gar nicht. Auch begann ich zu realisieren, dass in diesem Haushalt so manches sonderbar war. Es kamen und gingen Leute, hauptsächlich Schwarze, die nur tranken und rauchten und das am helllichten Tag, wie meine Mutter gesagt hätte. Die Zigaretten, die uns angeboten wurden, hatten einen komischen Beigeschmack und versetzten uns in einen lethargischen Zustand. Ich besprach mich mit Uschi und kam zu der Überzeugung, dass da Drogen im Spiel sein mussten. Also hörte ich sofort auf zu rauchen und täuschte einen leichten Husten vor. Ich wollte hier weg, vor allem wollte ich endlich nach Hause und meine Klamotten wechseln. Wieder wurden wir von Herrn Sowieso vertröstet. Das gefiel mir nun gar nicht. Unter dem Vorwand, Uschi und ich müssten Zahnbürste und Kosmetika kaufen, verließen wir das Haus. Ein Freund von Nina begleitete uns jedoch. Ich hatte das Gefühl, immer unter Beobachtung zu stehen. Auf der Straße angekommen, versuchte ich mich erstmal zu orientieren, merkte mir den Straßennamen und betrachtete die nähere Umgebung. Als wir wieder zurück waren, bat ich Nina, mich telefonieren zu lassen, da ich heute ein Treffen mit meiner Freundin Christine um 16 Uhr im Hydepark vereinbart hatte, welches ich nun zwangsläufig absagen musste. Nina hatte nichts gegen ein Telefongespräch, hielt sich aber in der Nähe auf, um alles mithören zu können. Dieses Verhalten war mir sehr suspekt; und so sagte ich Christine schnell auf Deutsch, dass ich mich in einer prekären Situation befände, nicht mal wüsste, wo ich wäre, und auch nicht reden könnte, da ich mich unter ständiger Beobachtung fühlte. Ich gab Christine meine Telefonnummer und bat um Rückruf. An Ninas Gesicht sah ich, dass sie irritiert war, weil sie nicht alles hatte verstehen können. Das störte mich jedoch nicht und so gab ich Nina gegenüber vor, dass ich nun ganz happy war, nachdem ich mit meiner Freundin gesprochen hatte.

Bei einer Tasse Tee versuchte Nina, Uschi und mir zu erklären, dass sie in einem Nachtclub arbeiten und dort recht gut verdienen würde. Sie versuchte uns auch davon zu überzeugen, dass man dort viel mehr verdienen würde, als wenn man einer regelmäßigen Arbeit, die sowieso meistens langweilig wäre, nachginge. Sie meinte, wir beide seien doch so hübsche Mädchen, und einen guten Job könne sie uns schon in den nächsten Tagen vermitteln. Als Uschi und ich wieder alleine in unserem Zimmer waren, besprachen wir unsere Situation. Uschi war sehr naiv und meinte, ich sähe Gespenster, als ich ihr sagte, dass mir das hiesige Milieu sehr unseriös vorkäme. „Wir müssen nur noch ein paar Tage Geduld haben und dann geht alles wieder in Ordnung", sagte sie. Genau das glaubte ich nicht. Ich hatte ein ungutes Gefühl, bei diesen Leuten wohnen zu müssen. Ich wollte einfach nur noch weg. Nicht dass ich irgendwelche Vorurteile gegen Schwarze gehabt hätte, aber das Kommen und Gehen dieser Leute, das Herumlungern, Trinken und Rauchen machten mir Angst. Auch Herr Sowieso kam in seinen Gesprächen mit dem Eigentümer nicht vorwärts, so dass wir immer noch in unseren drei Tage alten Klamotten, ohne Ausweis, mit nur wenig Geld herumsitzen mussten. Wir waren auf diese Menschen im Moment angewiesen. Ein Gefühl des Ausgeliefertseins machte sich in mir breit. Ich überlegte krampfhaft, was tun.

Mein Grübeln wurde unterbrochen, als Nina die Tür aufriss und sagte:

„Liz, da sind zwei Männer, die dich sehen wollen. Komm schon". Ich glaube, das Erstaunen war mir ins Gesicht geschrieben, als ich vor der Wohnungstür Denis, Christines Freund, sowie Sam, einen guten Bekannten von mir, erblickte. Beide begrüßten mich herzlich, wollten jedoch nicht hereinkommen. Im Gegenteil, sie bestanden darauf, dass ich sofort mit ihnen mitkäme. Denis erklärte mir kurz, dass Christine ihn von unserem Gespräch am Vortag unterrichtet hätte und es unter diesen Umständen wohl am besten wäre, wenn ich sofort dieses Haus verließe. Dennis trug seinen Polizei-Schal um die Schultern, was bedeutete, dass er in halb offizieller Sache hier war. Ich überlegte nicht lange, ging ins Zimmer zurück, holte meine Handtasche und beschwor Uschi, gleich mitzukommen. Sie wollte jedoch nicht. Also ging ich alleine. Nina wollte mich zurückhalten mit der Begründung, dass sich in den nächsten Tagen doch alles zum Guten wenden würde, ließ mich aber dann gehen.

Mit Denis' Auto fuhren wir schnurstracks zur nächsten Polizeistation. Sam, ein guter Freund von mir, der in London Jura studierte, erläuterte mir auf dem Weg zur Polizeistation, dass ich mich in einer sehr gefährlichen Lage befunden hätte, und er sei froh, dass ich mich wenigstens bei Christine gemeldet hatte. Nun sei doch noch alles gut gegangen. Ich wusste immer noch nicht, worum es eigentlich ging, und als ich danach fragen wollte, waren wir auch schon bei der Polizeistation.

Der Kommissar wartete bereits auf uns. Nach der allgemeinen Vorstellung sagte der Kommissar: „Nun, Fräulein L., erzählen Sie doch mal von Anfang an, wie sich alles zugetragen hat. Wie Sie sicherlich von Denis erfahren haben, befanden Sie sich in einem Haus, wo Mädchen für den Mädchenhandel rekrutiert werden. Schon lange sind wir hinter diesen Leuten her. Glauben Sie mir, Sie haben verdammtes Glück gehabt, da herauszukommen. Noch ein paar Tage mehr und Sie wären vielleicht in Arabien oder sonstwo auf dem afrikanischen Kontinent gelandet.

Ich möchte Sie nun bitten, uns genau zu erzählen, mit welchen Tricks diese Leute gearbeitet haben, um Sie in dieses Haus zu locken. Ich hätte auch gerne genaue Personenbeschreibungen von den verschiedenen Leuten, die dort ein und ausgingen. Der Schriftsteller, Herr Sowieso, ist übrigens gar kein Schriftsteller. Er gehört auch diesem Mädchenhändler-Ring an".

Lange saß ich im Büro des Kommissars. Ich erzählte ihm alles, woran ich mich erinnern konnte. Ich erzählte auch von Nina, die Uschi und mich in den Nachtclub vermitteln wollte, von den Zigaretten, die Rauschgift enthielten, von den Schwarzen, die tranken und rauchten.

Mein Bauchgefühl hatte also doch recht behalten. Ich hatte zwar nicht geahnt, in welch schlimmer Situation ich mich befunden hatte, aber mein Instinkt hatte mich gewarnt, dort noch länger zu bleiben.

„Herr Kommissar, wie bekomme ich denn nun meinen Pass und meine Habseligkeiten wieder? Die Sachen sind doch alle im Haus des Eigentümers eingeschlossen. Die Tür ist sogar vernagelt!"

Der Kommissar lachte und Denis mit. „Liz, das war doch alles nur ein Trick, das war der Trick schlechthin. Es gibt keinen Eigentümer, der das gemacht hat. Die ganze Sache war von diesen Mädchenhändlern inszeniert." „Was, das darf doch nicht wahr sein". „Doch Liz, so ist es."

„Herr Kommissar, was ich nun ganz und gar nicht verstehe, ist die Tatsache, dass ich diesen Au-pair-Job durch Vermittlung einer Agentur bekommen habe. Die Agentur hat doch normalerweise die Aufgabe, diese Jobs zu überprüfen. Wie konnte so etwas passieren?" „Sie haben recht. Normalerweise sind die Agenturen verantwortlich, besonders wenn es sich um die Vermittlung von jungen Mädchen handelt. Vielleicht hat die Agentur aber mit diesen Leuten zusammengearbeitet. Dieser Sache werden wir noch nachgehen müssen. Gut, wir haben nun schon viele Anhaltspunkte dank Ihrer Aussagen. Nun habe ich aber noch eine Frage an Sie. Wären Sie bereit, vor Gericht gegen diese Leute auszusagen?" Ich zögerte einen Augenblick mit meiner Antwort. „Verstehen Sie mich nicht falsch, aber das muss ich mir wirklich überlegen. Ich würde das zwar gerne tun, aber ich bin erst 18 Jahre alt und fremd in diesem Lande. In ein paar Monaten werde ich meine Prüfung – hoffentlich erfolgreich – bestanden haben und wieder nach Deutschland zurückkehren. Ein Gerichtsverfahren ist doch sicher zeitaufwendig und eventuell sogar langwierig und nicht zuletzt mit Gefahren für mich verbunden." „Was meinen Sie, Herr Kommissar?"

„Sie haben durchaus Recht und ich kann Sie in keiner Weise zu einer gerichtlichen Aussage zwingen. Ihren Pass und Ihre Sachen werden Sie in den nächsten Tagen zurück erhalten und danach reden wir noch einmal miteinander. Herr Samuel hat sich bereit erklärt, Sie einstweilen in seiner Wohnung in seinem Gästezimmer aufzunehmen. Ist Ihnen das recht?" „Selbstverständlich, Herr Kommissar". An Sam und Denis gewandt, sagte ich: „ Auch für eure Hilfe möchte ich herzlich danken."

„Sie haben Glück gehabt, junges Fräulein. So gute Freunde findet man selten."

Der Kommissar, ein freundlicher älterer Herr, begleitete uns noch bis zum Ausgang. Als wir uns verabschiedeten meinte er ganz spontan „Hätten Sie eventuell Interesse, zu unserem Polizeifest in zwei Wochen zu kommen? Da wird getanzt, und leckeres Essen gibt es auch. Ich schicke Ihnen auf jeden Fall eine Einladung."

Leben im fernen Osten

Beerdigung meines Schwiegervaters in Sri Lanka

Samuel, Alexander Iddamalgoda Elapata, der Dissawa, war gestorben. Sein Tod war in aller Munde. Das Trauerhaus, der Garten, eigentlich das ganze Anwesen wimmelte von Menschen. Hunderte von ihnen waren am Morgen angereist, teils per Auto, Bus oder auch zu Fuß. Sie alle hatten gehört, dass mein Schwiegervater, der Dissawa – ein sri lankanischer Ehrentitel aus der Zeit vor der englischen Kolonisation, plötzlich verschieden war. Er war ein Patron im wahrsten Sinne des Wortes: beliebt, gütig, aber auch gebieterisch und fordernd.

Neben den Familienangehörigen und Verwandten waren die Dörfler der Umgebung sowie die Pächter, die seine Ländereien bewirtschafteten, eingetroffen. Sie alle bezeugten ihre Trauer und Ehrerbietung, als sie langsam am offenen Sarg meines Schwiegervaters vorbeizogen. Meine Schwiegermutter, ihre Tochter und Söhne sowie wir Schwiegerkinder saßen auf Stühlen in der Nähe des Sarges. Schwiegervater war in der Mitte des Esszimmers, das eigentlich schon fast eine Halle war, aufgebahrt. Zwei große Elefanten- stoßzähne standen auf geschnitzten Ebenholzstän- dern am Kopfende des Sarges. Schwiegermutter nahm die Beileidsbezeugungen gefasst entgegen. Da die Farbe der Trauer in Sri Lanka, wie auch in den meisten asiatischen Ländern, weiß ist, waren wir alle dementsprechend gekleidet. Ich trug die Landestracht, einen schneeweißen Sari mit gestickten weißen Blümchen darauf. Während meine Kinder draußen im Garten herumsprangen und sich der Tragweite dieses Ereignisses nicht bewusst waren, saß ich mit gesenktem Kopf am Sarg. Dies war das erste Mal in meinem Leben, dass ich mit dem Tod direkt konfrontiert war.

Im Buddhismus gibt es seit eh und je eine starke Tradition des Meditierens über den Tod. So wurde auch mir in diesen Momenten klar, dass auf allen Ebenen nichts still steht, alles ist im Fluss, einem ständigen Prozess der Veränderung unterworfen. Warum sich klammern an Menschen, an Güter, an das eigene Ego? Das Bild, das ich mir im Laufe meiner jungen Jahre von mir selbst gemacht hatte und das ich mit allen Mitteln aufrecht erhalten und verteidigen wollte, geriet nun ins Wanken. Dies war ein guter Anlass über das Leben im Allgemeinen, den Tod, der Teil des Lebens ist, und die Einstellung dazu, nachzudenken.

Ich wurde aus meinen Gedanken gerissen, als einige männliche Familienangehörige sich dem Sarg näherten und ihn schlossen. Danach hievten sie ihn in die Höhe und bewegten sich langsam in Richtung Eingangshalle des Hauses. Die Familie formierte sich nach alter Tradition: Schwiegermutter, begleitet von ihren drei Söhnen, der Tochter mit Ehemann, unmittelbar hinter dem Sarg. Dann kamen die Schwiegertöchter, meine Schwägerin und ich sowie unsere Kinder. Es folgten Onkel und Tanten, Neffen und Nichten, Nachbarn und gute Freunde. Den Schluss bildeten die vielen Leute, die teilweise von weit her angereist waren, um meinem Schwiegervater die letzte Ehre zu erweisen. Erstaunlich war allerdings für mich, dass meistens nur Männer dem Zug folgten. Viele Frauen blieben zurück im Haus. Nachher erfuhr ich, dass es nicht üblich ist, dass Frauen mit zur Verbrennungsstätte gehen.

Wie in Trance bewegte ich mich, setzte mechanisch einen Fuß vor den anderen. Meine Augen waren gerötet vom Weinen, denn ich liebte meinen Schwiegervater sehr. Er war wie ein Vater zu mir gewesen und hatte mich, die weiße Fremde, immer wie seine eigene Tochter behandelt. Ich fühlte instinktiv, dass sich von nun an etwas ändern würde, ohne jedoch das auf mich Zukommende benennen zu können. Ich trauerte um einen gerechten und gütigen Mann, der nicht nur von mir, sondern von den Menschen weit und breit geschätzt wurde.

Die Verbrennungsstätte war am Tag zuvor auf der Plantage errichtet worden; einen Fußmarsch von etwa ½km vom Wohnhaus entfernt, und zwar am Anfang der Kokosnussplantage, die das ganze Anwesen umgab. Es war sehr heiß und ich schwitzte in meinem langen weißen Sari. Als wir an der Grenze zwischen Garten und Plantage angekommen waren, sah ich schon den großen kunstvoll errichteten Scheiterhaufen.

Während der Trauerzug sich auf die Verbrennungsstätte zubewegt hatte, waren die im Wohnhaus verbliebenen Frauen fleißig gewesen. Sie hatten alle Hände voll zu tun, die Fotos an den Wänden, die nach dem Tode des Schwiegervaters umgedreht worden waren, wieder richtig aufzuhängen. Die Räume hatten sie mit Curkuma-Wasser, wir nennen es Gelbwurz, reinigen müssen. Curkuma ist in Asien als Infektionsmittel gut bekannt. Erst nach der Reinigung durfte das Feuer im großen eisernen Küchenherd wieder angezündet und die erste Mahlzeit nach dem Tode des Verstorbenen zubereitet werden. Die weiblichen Familienangehörigen, darunter Schwestern, Tanten, Cousinen fingen sodann mit dem Kochen an. Sie hatten gute Unterstützung nicht nur von den Hausangestellten, sondern auch von den Frauen des Dorfes, die alle mit anpackten, denn es musste Essen für über hundert Menschen, die zur Beerdigung herbeigeeilt waren, zubereitet werden. Nach altem Brauch mussten sie alle verköstigt werden. In den Fluren sowie im gesamten Küchentrakt des Hauses waren Tische und Stühle aufgestellt worden. In den Küchenräumen wirkten wie in einem Bienenstock viele emsige Hände.

Inzwischen hatte der Trauerzug nun seinen Bestimmungsort erreicht. An der Verbrennungsstätte angekommen, stand der Leichenzug still. Die Trauernden gruppierten sich um die Stätte. Der Sarg wurde auf die Holzscheite hinauf gehoben. Zwei männliche Verwandte des Verstorbenen, so will es die Sitte, führten nun die letzten religiösen Riten aus.

Sie umrundeten, eine Fackel in der Hand, langsamen Schrittes dreimal den Scheiterhaufen, wobei sie jeweils in entgegengesetzter Richtung gingen. Der eine also im Uhrzeigersinn, der andere dagegen in die andere Richtung. Nach der dritten Umrundung kehrten sie dem Leichnam den Rücken zu und entfachten so das Feuer. Ohne zurückzublicken, verließen sie die Stätte. Die schön aufgeschichteten Holzscheite fingen in kurzer Zeit zu brennen an.

Eine ganze Weile standen wir noch schweigend da und beobachteten die Flammen, wie sie hell flackernd den Sarg verschlangen. Nach geraumer Zeit – ich kann mich nicht erinnern, wie lange wir so gestanden hatten – gingen wir alle zum Haus zurück, wo der „Leichenschmaus" stattfand.

Die Tische waren nun schön gedeckt, das Essen wurde aufgetragen: Reis, verschiedene Gemüse, Fleisch, vor allem Trockenfisch. Dieser durfte auf keinen Fall fehlen. Getränke, aber kein Alkohol wurden ebenfalls serviert.

Nach dem Mahl, und nachdem sich alle Gäste wieder verabschiedet hatten, zog sich der engste Familienkreis ins Wohnzimmer zurück.

Es war ein schwerer und sehr trauriger Tag für alle gewesen. Die Schwiegermutter brauchte Ruhe und so begleitete sie ihre Tochter in ihre Gemächer. Ich dagegen brachte erst einmal meine Kinder zu Bett, die am Abend dieses langen Tages auch müde waren. Bald folgte ich ihnen jedoch nach, während mein Mann und seine Brüder noch anstehende Familienangelegenheiten besprachen.

Der nächste Morgen begrüßte uns mit vielen Wolken. Regen war nicht auszuschließen. Deshalb machten wir uns nach dem Frühstück gleich auf den Weg zu Schwiegervaters Verbrennungsstätte. Die Asche musste ja noch vor dem Regen eingesammelt werden.

Nur ich begleitete meinen Mann, seine Brüder und einige männliche alte Diener meines verstorbenen Schwiegervaters. An der Verbrennungsstätte sahen wir, dass der Scheiterhaufen ganz heruntergebrannt war. Mehrere alte Diener, die die ganze Nacht Wache gehalten hatten, erhoben sich, als wir näher kamen. Mallhamy, der persönliche Diener meines Schwiegervaters, wurde sodann beauftragt, die Holzasche mit einem großen Wedel wegzuwedeln. Ich war fasziniert zu sehen, wie allmählich die menschlichen Konturen in Form von Asche zum Vorschein kamen, denn menschliche Asche ist schwerer als Holzasche. Diese und einige Knochenstücke wurden dann in einem großen Tonkrug eingesammelt. Der Krug wurde versiegelt und ins Haus gebracht um bis zur Fertigstellung einer reich verzierten steinernen Urne aufbewahrt zu werden. Die Urne sollte in einigen Wochen später auf dem Anwesen beigesetzt werden.

Leider konnte ich an der Urnenbeisetzung aus Gründen, die mir entfallen sind, nicht teilnehmen.

Ein ungewöhnlicher Ostersonntag

Vor etlichen Jahren, als ich noch in Colombo, Sri Lanka lebte, ereignete sich diese Geschichte:

Das Osterwochenende stand bevor und ich wollte raus aus der heißen Stadt. So entschied ich mich, das Osterwochenende im Süden des Landes am Meer zu verbringen. Eines meiner Lieblingshotels war das „Pearl Beach". Es war klein und übersichtlich, bestand aus einzelnen ebenerdigen Cabanas. Eine Cabana bestand aus einem großen Innenraum - Schlafzimmer mit Sitzecke, Dusche und WC, eine Veranda und ein Minigarten, in dem man seine Liege aufstellen und sich sonnen konnte, auch oben ohne, denn die Cabana war von einer mannshohen Mauer umgeben. Privatleben pur! Wenn man an den Strand wollte, ging man ganz einfach durch die Gartenanlage.

Ich liebte diesen Strand. Er war breit und von feinem, fast weißen Sand. Oft saß ich einfach nur da und bohrte die Zehen in den warmen, weichen Sand und schaute nur aufs Meer. Ließ die Fischerboote an mir vorüberziehen. Beobachtete die kleinen weißen Wölkchen am Himmel und überließ mich meinen Gedanken aus der Vergangenheit.

Es gab eine kleine vorgelagerte Insel zur linken Hand, auf der sich ein kleiner Tempel befand. Einmal, als ich wieder einmal am Strand saß, packte mich die Neugierde und ich bin hinüber geschwommen. Das war nicht ganz ungefährlich wie sich im Nachhinein herausstellte, denn um die Insel herum gab es Strömungen. Mich trug eine, glücklicherweise, direkt an den winzigen Strand, der zum Tempel hinaufführte. Eigentlich war es kein richtiger Tempel, sondern nur ein Schrein, der aus ein paar weiß gestrichenen Säulen und einem Dach, das einen sitzenden Buddha schützte, bestand. Dem Buddha hatte man Lotusblumen gebracht, was bedeutete, dass auch andere Menschen hierher kamen. Dörfler oder Fischerleute etwa? Sicherlich schwammen sie aber nicht alle zur Insel wie ich.

Zurück zu schwimmen getraute ich mich allerdings nicht. Obwohl ich dem Buddha meine Ehrerbietung bezeugt hatte, wollte ich sein Wohlwollen nicht auf die Probe stellen und so winkte ich mir ein Fischerboot, ein landesübliches Auslegerboot, welches in der Nähe ankerte, heran und ließ mich zurück an den Hotelstrand bringen. Für ein paar Rupien hat der Fischer das gerne gemacht. Ich dagegen war froh, dass ich mich nicht noch einmal in Gefahr begeben musste. Strömungen sollten nicht unterschätzt werden.

Mein verlängertes Wochenende von Karfreitag bis Ostersonntag war geruhsam. Ich schlief und las, machte lange Strandspaziergänge jeweils früh morgens und am Spätnachmittag, wenn die Sonne an Kraft verloren hatte. Ich liebte die Sonnenuntergänge! Der Himmel präsentierte sich dann in den wunderbarsten Farben. Fasziniert stand ich am Ufer, ließ mir die Füße von den Wellen lecken und starrte aufs Meer. Rosa, orange bis blutrot färbte sich der Himmel. Schnell sank die Sonne und plötzlich war sie mit einem imaginären Plumps verschwunden. Nur langsam lösten sich die letzten Strahlen auf. Innerhalb von wenigen Minuten war es dunkel und empfindlich kühl. Im Hotelzimmer angekommen war sodann eine Dusche angesagt. Den „Sundowner" an der Hotelbar und ein gutes Abendessen ließ ich mir nie entgehen.

Ostersonntag, es war mein letzter Urlaubstag! In Sri Lanka gab es keinen Ostermontag, der als Feiertag galt. So musste ich nach dem Mittagessen meine Reisetasche packen und nach Colombo zurück fahren. Es war zwar nur eine Stunde mit dem Auto nach Hause, aber ich wollte nicht in den Nachmittagsverkehr kommen, wenn alle Leute nach dem Wochenende stadteinwärts fuhren.

Gegen zwei Uhr machte ich mich auf den Weg. Mit heruntergekurbelten Fenstern brauste ich ab in Richtung Colombo. Der Fahrtwind blies mir ins Gesicht und brachte die ersehnte Kühlung.

Auf halbem Wege etwa, kurz vor Panadura, merkte ich, dass mein Auto auf einmal langsamer wurde. Ich drückte mehr und mehr auf den Gashebel, ohne Erfolg. Der Wagen beschleunigte nicht mehr. Kein Benzin mehr im Tank, fuhr es mir durch den Kopf. Das kann doch nicht sein! Ich hatte am Gründonnerstag vor Fahrtantritt noch voll getankt! Nur nicht in Panik geraten, sagte ich mir. Ich ließ den Wagen ausrollen und hielt dicht an einer Mauer hinter der sich ein großes Anwesen befand. Das schmiedeeiserne Gartentor stand weit offen. So überlegte ich nicht lange und ging in den Garten. Ich dachte, irgendjemand in diesem großen Haus wird mir schon Auskunft darüber geben können, wo ich eventuell die nächste Werkstatt finden könnte.

Als ich mich der Veranda des Hauses näherte, sah ich zwei Leute, ein Herr und eine Dame mittleren Alters, vielleicht die Besitzer des Anwesens, in zwei bequemen Korbsesseln an einem Tischchen sitzen. Ich ging geradewegs auf sie zu, entschuldigte mich für die Störung und erzählte ihnen in ein paar kurzen Worten von meinem Malheur mit dem Auto. Der Herr des Hauses, so nahm ich es wenigstens an, bat mich, Platz zu nehmen. Er meinte, es wäre wahrscheinlich sehr schwierig eine offene Werkstatt an einem Sonntag zu finden, aber er würde nichtsdestotrotz seinen Sohn zu einer kleinen Werkstatt etwas landeinwärts schicken. Er kannte den Eigentümer dort gut und erhoffte so Hilfe für mich. Der Sohn, ein höflicher junger Mann, kam sofort auf Geheiß seines Vaters aus dem Haus und radelte auch gleich los um den Automechaniker zu suchen. Zwischenzeitlich bot mir die Dame des Hauses eine Tasse Tee an. Wir unterhielten uns. Selbstverständlich wurden Fragen gestellt, was ich denn hier in Sri Lanka beruflich machen würde etc. Das Ehepaar war sehr angetan, als ich ihnen sagte, dass ich singhalesisch sprach. Drei Enkelkinder im Schulalter wurden mir sodann gleich vorgeführt. An ihnen konnte ich meine Sprachkenntnisse praktizieren. Brav beantworteten sie meine Fragen.

Nach etwa einer halben Stunde tauchte der Sohn des Hauses mit dem Mechaniker auf. Letzterer überprüfte meinen Wagen und stellte fest, dass das Seil vom Antrieb zum Gashebel gerissen war. Er erklärte mir, dass es unmöglich sei am Sonntag ein Ersatzteil zu beschaffen. Was nun, fragte ich ihn. Wie komme ich nach Colombo? Ich habe morgen wieder Dienst!

Da machte er mir den Vorschlag, das Seil etwas zu verkürzen und wiederfestzumachen. Er meinte, wenn ich vorsichtig fahren würde, ohne den Gashebel zu sehr zu betätigen, müsste ich bis nach Hause kommen. Ich ging auf den Vorschlag ein. In kürzester Zeit hatte er die provisorische Reparatur ausgeführt. Ich fragte nach dem Preis und er meinte, dass es nicht der Rede wert sei. Ich insistierte und drückte ihm einige Geldscheine in die Hand.

Nun konnte ich wieder losfahren. Bei dem älteren Ehepaar bedankte ich mich sehr für ihre Hilfe, den Kindern winkte ich ein letztes Mal zu und fuhr los. Mit viel Bangen und einigen Stoßgebeten erreichte ich Colombo. Das Seil hatte gehalten. Mein kleiner VW hatte es geschafft!

Zu einem späteren Zeitpunkt schickte ich besagtem älterem Ehepaar ein Päckchen mit Süßigkeiten für die Enkelkinder und einen Dankesbrief. Die Hilfsbereitschaft dieser Leute, nicht zuletzt auch des Mechanikers ist bezeichnend für die ländliche Bevölkerung von Sri Lanka. Dies war auch nicht das letzte Mal, dass ich sie erleben durfte.

Es war ein unvergesslicher Ostersonntag.

Abschied von einer Liebe

Die Sonne hatte den Zenit weit überschritten. Drei Uhr nachmittags zeigte meine Armbanduhr an; es war immer noch sehr heiß, vielleicht um die 32 Grad. Die feuchte tropische Hitze machte das Warten fast unerträglich.

Ich stand auf der überdachten Aussichts-Terrasse des Flughafens in Katunayake (Sri Lanka) und verfolgte mit den Augen die Boing 747, die langsam zur Startbahn rollte. Stopp, noch ein Flieger war vor ihr dran! Danach manövrierte sie sich in ihre vorgegebene Position und nahm langsam Fahrt auf, wurde schneller, immer schneller und hob ab. Innerhalb von Minuten war sie nur noch ein winziger Punkt in einem makellos arzurblauen Himmel.

Diese Boing 747 hatte eine für mich kostbare Fracht an Bord. Sie trug meinen Freund Kumar von mir fort. Gegen Westen – in ein anderes Land fern von mir. Wer weiß für wie lange? Mein Herz war schwer, Tränen wollten jedoch nicht fließen.

Langsamen Schrittes begab ich mich zum Parkplatz am Rande des Flughafens. Schnell hatte ich meinen roten VW gefunden und fuhr in Richtung Stadt. Ich dachte mir: "Wenn der Verkehr nicht allzu stark ist, dürfte ich in etwa einer Stunde zuhause sein". Ich trat also auf das Gaspedal und brauste los. In den Feierabendverkehr wollte ich auf keinen Fall kommen. Eine flotte Fahrerin war ich schon immer.

Kurz vor Colombo, so etwa 10 km vor der Stadt, hatte ich auf einmal keine Lust mehr schnell zu Hause anzukommen. Was erwartete mich schon dort? Meine beiden Hunde, Raja und Bello, würden mich zwar freudig begrüßen, aber das Haus selbst war gähnend leer. Unser Hausmädchen hatte sich ein paar Tage frei genommen. Die Kinder waren bis zum Wochenende im College. Ich wusste, ich würde von einem Zimmer zum anderen gehen und meinen Freund Kumar doch nicht finden! Im Bad würde ich noch den Geruch seines After Shaves wahrnehmen. Im Schlafzimmer würde ich auf sein Kopfkissen starren, eine vereinzelte dunkle Locke auf dem Kissen finden.

Schluss jetzt mit dem Träumen! Um auf andere Gedanken zu kommen, bog ich schnell nach rechts ab, als der Wegweiser zum Hotel Pegasus Reef auftauchte. Noch 2 Km.

Das Hotel inmitten eines üppig angelegten Gartens, der bis zum Meer reicht, ist bald erreicht. Ich parke und gehe durch den Eingang, der mit orangegelben Bougainvilleas umrahmt ist, zur Rezeption. "Hallo", rufe ich. "Ist hier jemand?" Nach einigen Sekunden taucht ein junger Mann aus dem Zimmer hinter der Rezeption auf. "Guten Tag, kann ich Ihnen behilflich sein?" "Ja bitte", antworte ich. "Ich möchte hier zu Mittag essen und den Pool benutzen. Können Sie mir ein Zimmer bis abends zur Verfügung stellen?" "Selbstverständlich, gnädige Frau. Im Obergeschoß hätte ich noch eines, mit Blick aufs Meer." "Ja danke", erwidere ich. "Aber für das Mittagessen müssten Sie sich etwas beeilen. Die Küche schließt in einer halben Stunde", meint er fürsorglich. Ich bedanke mich, nehme meinen Zimmerschlüssel und begebe mich nach oben. Eine Tasche mit Handtuch und Badesachen, die ich immer im Kofferraum meines Autos lasse, kommt mir nun gelegen. Schnell schlüpfe ich in meinen Badeanzug, wickle mir ein dünnes buntes Batiktuch um die Hüften und gehe nach unten. Nach Mittagessen ist mir allerdings heute ganz und gar nicht zumute. So schlendere ich durch den Palmenhain, in dem die meisten Hotelgäste in ihrer Nachmittagszeit vor sich hin dösend, auf ihren mit Schaumgummiauflagen bestückten Holzpritschen verbringen. Diese Ansammlung von halbnackten Leibern auf bunten Badetüchern widert mich an. Ich gehe schnurstracks zum Strand.

Das helle Sonnenlicht blendet mich im ersten Moment. Gut, dass ich meine Sonnenbrille an einem Bändel um den Hals dabei habe. Das Meer liegt vor mir wie ein blauer Teppich. Ich sauge die unendliche Weite des Meeres in mich hinein und merke, dass es meiner Seele gut tut. Mein Blick schweift in die Ferne, meine Gedanken suchen dort etwas, aber ich weiß nicht recht was. Vielleicht ein kleines sich fortbewegendes Pünktchen am Himmel? Ich entschließe mich nach einiger Zeit nach rechts am Strand entlang zu gehen. Weiter unten entdecke ich das mir lieb gewordene alte Wrack aus dem Zweiten Weltkrieg, welches entzwei gebrochen, immer noch havariert in der Brandung liegt.

Wie oft war ich schon hier – zusammen mit den Kindern und mit meinem Freund. Er, Kumar, schwamm dann mit den Kindern zum Wrack. Sie schnorchelten und tauchten und jedesmal kamen sie begeistert mit einem besonderen Fund, Muscheln oder Stücke von besonders schönen Korallen zurück. Sie erzählten mir von Fischen, die es dort in allen Farben und Größen gab. Die Muscheln reihten sie dann zuhause auf ihrem Fenstersims auf und zeigten sie ihren Schulfreunden. Wir hatten soviel Spaß zusammen!

Sollte das nun alles Vergangenheit sein?

Unter einer Palme, die sich weit über den Sand biegt, finde ich etwas Schatten. Ich setze mich auf mein Lieblings-Strandtuch mit einem schwimmenden Delphin – ich liebe Delphine! – und bohre meine Zehen in den warmen Sand.

Die Sonne, die bereits ihre mittägliche Kraft verloren hat, lässt dem kühlen Wind, der übers Meer kommt, freien Lauf. Die Wellen kräuseln sich und nagen stetig am weißen Strand. Noch haben sie nicht meine Füße erreicht. Nachts jedoch wird der Strand überspült werden und in der Frühe wird er dann in seinem jungfräulichen Kleid glitzern.

Ich hänge meinen Gedanken nach. Denke an vergangene Zeiten, als Kumar und ich uns an Händen gefasst, verträumt und verliebt in der Abenddämmerung, knöcheltief im Wasser, am Strand entlang gingen. Kleine Einsiedlerkrebse suchten wir und ließen sie auf der Innenseite unserer Hände laufen. Das kitzelte schrecklich und brachte uns jedesmal zum Lachen. All dies scheint eine Ewigkeit her zu sein. Jetzt sitzt Kumar in einem Flugzeug hoch über den Wolken, unter sich vielleicht auch ein Meer wie dieses. Ob er wohl auch an unsere fröhlichen Tage, das Gelächter der Kinder, unsere stillen Stunden denkt? Geistesabwesend schreibe ich seinen Namen in den weichen Sand, verwische ihn mit den Füßen und schreibe ihn erneut, wieder und immer wieder. Erst jetzt, ganz langsam kommen die Tränen. Ich lasse sie fließen. Sie vermischen sich mit dem Sand vor meinen Füßen. In der Nacht, wenn die Flut kommt, werden sie das Meer ein kleines bisschen salziger machen.

Ich weiß nicht, wie lange ich so gesessen habe. Weder Zeit noch Raum spielen eine Rolle, nur die Leere und die Traurigkeit füllen meine Seele aus.

Da legt sich plötzlich ein Schatten auf meine Füße. Ich schaue an den Beinen eines alten Mannes empor. Es muss der Fischer sein, den ich in einiger Entfernung beim Fischfang gesehen habe. Nun steht er vor mir, das Netz und ein paar kleine Fische an einer Drahtschlinge in der Hand. Hager und sehnig ist er. Die Muskeln seiner von der Sonne tief gebräunten Beine und Arme spielen unter seiner gegerbten Haut. Ich sehe zu ihm auf. Er schaut mir forschend in die verweinten Augen. Da läuft ein nachsichtiges und zugleich gütiges Lächeln über sein Gesicht. Ich lese in seinen dunklen, weisen Augen eine Welt voller Mitgefühl. Er hebt seinen Arm und mit einer all umfassenden Bewegung, die das ganze Universum einschließt, wie mir scheint, lässt er ihn über das Meer kreisen und sagt nur einen einzigen Satz: "Morgen gibt es wieder einen neuen Tag!"

Langsam geht er den Strand hinunter, dorthin wo man in der Ferne das Fischerdorf sieht.

Ich schaue ihm nach und seufze tief. Und dann auf einmal weiß ich es: Auch für mich wird es einen neuen Tag geben und irgendwann auch eine neue Liebe!

Eine unvergessliche Nacht in Madras

Meine Freundin Christine und ihr Mann erwarteten mich am Flughafen von Madras. Ich war aus Sri Lanka angereist. Christine und Florian waren am Tag zuvor aus der Schweiz mit Zwischenstopp Bombay gekommen. Gemeinsam wollten wir acht Tage in Südindien Urlaub machen. Florian, unser Kunstexperte, hatte schon unsere Sight-seeing-Route geplant, sodass wir uns in guten Händen befanden. Die erste Nacht und den darauf folgenden Tag wollten wir in Madras verbringen um danach per Zug nach Tanjavur und Madurai weiterzufahren.

Aber zuerst mussten wir unser Hotel aufsuchen, das, wie uns Florian mitgeteilt hatte, von TATA, einer der größten Firmen, mit denen er in der Schweiz zusammen arbeitete, gebucht worden war.

Nach einem kleinen Abendessen setzten wir uns in ein Taxi, das sich laut hupend durch den wahnsinnigen Verkehr von Madras wühlte, um unser Hotel anzusteuern. Verkehrsregeln schien es hier nicht zu geben. Selbst bei roter Ampel preschten wir noch über die Kreuzung. Vor dem Hotel angekommen, entließen wir unseren Taxifahrer, froh, diesem Irrsinnigen entronnen zu sein, und begaben uns zur Rezeption. Vergeblich suchte die Dame am Empfang nach unseren Namen. Es waren keine Zimmer für uns reserviert und das Hotel war voll ausgebucht. Fragend blickten wir uns an: *Was nun? Die Nacht war schon angebrochen. Irgendwo mussten wir wohl ein geeignetes Quartier finden.* Florian meinte, dass wir sicher eine kleine Unterkunft für eine Nacht finden würden. Er winkte das nächste Taxi heran und so gingen wir auf Hotelsuche.

Nach mehreren Versuchen bei kleineren und auch größeren Hotels in der näheren Umgebung, die alle nicht erfolgreich waren, hielt unser Taxifahrer schließlich vor einem kleinen unauffälligen Hotel an, das etwas zurückgesetzt in einer Gartenanlage lag. Schön und gemütlich, dachten wir und schickten Florian voraus an die Rezeption. Christine und ich kümmerten uns um unser Gepäck und wiesen den Taxifahrer an, neben dem Hoteleingang auf uns zu warten. Auf dem Wege zur Rezeption lauschten wir dem Gespräch zwischen dem Herrn am Empfang und Florian: „Ja, mein Herr, wir haben noch ein Zimmer frei. Für wie viele Stunden möchten Sie es denn mieten?" „Stunden?", erwiderte Florian etwas irritiert, „die ganze Nacht natürlich". Der Herr an dem Empfang erblickte uns im Hintergrund, räusperte sich, hob die Augenbrauen und sagte: „Wie Sie möchten, mein Herr, selbstverständlich, die ganze Nacht!" Da registrierten wir Frauen plötzlich, in was für einem Hotel wir gelandet waren! Einem Stundenhotel!

Christine und ich fingen an zu kichern hinter vorgehaltenen Händen. Florian hatte tatsächlich ein Brett vorm Kopf, hatte die Situation immer noch nicht begriffen. Entrüstet drehte er sich zu uns um und meinte: „Was gibt es da zu kichern. Sind wir nicht alle froh, dass wir heute Nacht ein Dach über dem Kopf haben?"

Wir erwiderten, wie aus einem Munde: „Aber wir benötigen doch zwei Zimmer, Florian!" „Nun ja, mischte sich der Herr vom Empfang ein, das lässt sich auch machen, meine Damen!"

Was er sich wohl gedacht hat? Ein Europäer mit zwei Begleiterinnen für die Nacht – ein toller Hecht, dieser Schweizer!

Die Formalitäten waren schnell erledigt. Für mich im Einzelzimmer war es keine so angenehme Nacht. Vor lauter Angst und Unruhe im Hinblick auf die seltsame Umgebung tat ich kaum ein Auge zu. Außerdem schlief ich in meinen Jeans und T-shirt, gewärtig, jeden Moment aus dem Bett zu springen, falls sich jemand in mein Zimmer verirren sollte!

Was für eine unvergessliche Erinnerung, diese Nacht in Madras!

Ellora – und die Welt stand still

Während meiner Tätigkeit im Goethe-Institut in Sri Lanka, (1973 bis 1988) flog ich öfters nach Indien, einerseits um dort Urlaub zu machen, andererseits aber auch anlässlich von Tagungen, Seminaren oder dienstlichen Besprechungen. Das Deutsche Kulturinstitut, so wurde die Zweigstelle des Goethe-Instituts in Colombo genannt, beauftragte mich auch in diesem Jahr, nach Neu Delhi zur Tagung der Verwaltungsleiter der ganzen „indischen Region" zu fliegen. Ich schreibe extra indische Region in Anführungsstrichen, da Sri Lanka, Bangladesch, Pakistan zwar dieser Region angehörten, aber durchaus selbstständige Staaten waren und es noch sind.

So traf ich alle Vorkehrungen für die Reise und wartete schon darauf, meine Kollegen und Kolleginnen der verschiedenen Zweigstellen wiederzusehen.

Ganz besonders freute ich mich aber auch auf meinen Rückflug nach der Tagung, der mit Zwischenstopp über Bombay geplant war, wo ich liebe Bekannte besuchen wollte. Auch konnte ich es kaum erwarten, meinen geplanten Abstecher nach Aurangabad, einer kleinen Provinzstadt etwa 400 km nordöstlich von Bombay entfernt, wahrzunehmen.

Ich hoffte, in Aurangabad zwei Nächte zu verbringen, um von dort aus die berühmten Höhlentempel von Ellora und Ajanta, die im westlichen Dekkan liegen, zu besichtigen.

Nachdem die Tagung in Neu-Delhi erfolgreich abgeschlossen war, die Verwaltungsleiter und Verwaltungsleiterinnen ihre regionalen Probleme ausgetauscht hatten, um Lösungen zu finden, wurde in großer Runde Abschied gefeiert. Freundschaften unter den Kollegen und Kolleginnen wurden geschlossen oder vertieft. Ich zum Beispiel habe nach fast 40 Jahren immer noch Kontakt mit meinem Kollegen Joseph, der damals Verwaltungsleiter in Poona war. Es erstaunt mich immer wieder zu sehen, wie sich gute menschliche Beziehungen über die Jahre hinweg halten.

Auf dem Rückflug machte ich plangemäß in Bombay Halt und besuchte Familie Daaz. Die Familie gehört zu einer sehr klein gewordenen religiösen Gemeinschaft, die vom Aussterben bedroht ist, den Parsen. Weltweit gibt es nur noch etwa 100.000 Anhänger. Wenn ein Anhänger einen Andersgläubigen oder eine Andersgläubige heiratet, wird er oder sie von der Gemeinschaft ausgestoßen. Die Parsen sind durch ihre besonderen Bestattungsriten für ihre Toten bekannt. Die „Türme des Schweigens" auf dem Malabar Hill in Bombay zeugen davon. Zarathustra war der Religionsstifter.

Ich durfte an meinem ersten Tag in Bombay gleich an einer traditionellen Hochzeit, die im großen Freundeskreis (etwa 400 Personen) stattfand, teilnehmen. Frau Daaz wies mich auf dies und das hin und beantwortete geduldig meine vielen Fragen bezüglich der mir fremden Sitten und Gebräuche. Die Hochzeitsriten interessierten mich natürlich besonders. Auch stellte ich fest, dass die geladenen Gäste durchwegs sehr reich waren. Die Frauen trugen seidene Saris und waren mit teurem Schmuck behängt. Die Parsen sind eine kleine, aber reiche Gemeinschaft. Dies ist allgemein bekannt. Sie verehren das Feuer, die Erde, die Luft und das Wasser. Dies erklärt auch ihre Riten, die Toten weder zu verbrennen noch sie zu bestatten. Sie werden in den „Türmen des Schweigens" den Geiern zum Fraß hingelegt. Auf dem Grundstück, auf dem die Hochzeit stattgefunden hatte, befand sich auch ein kleiner Tempel, in dem ein Feuer ständig flackerte. Der Priester ist dafür verantwortlich, dass es nie ausgeht! Ich muss gestehen, dass ich mich erst viele Jahre später mit dieser ungewöhnlichen Religion eingehend befasste.

Am Tag nach der Hochzeit flog ich weiter nach Aurangabad. Gegen Mittag kam ich dort an. Eine brütende Hitze lag über der Stadt.

Zum Glück reiste ich mit leichtem Gepäck; selbst mein kleines Köfferchen war mir zu schwer in dieser Hitze. Ich hielt also Ausschau nach einem Taxi. Lange musste ich nicht warten. Ein älterer Taxifahrer näherte sich mir und sprach mich in fast akzentfreiem Englisch an: „Madam, can I help you?" Ich nannte ihm mein Hotel, handelte mit ihm den Preis aus, danach fuhren wir los. Klimaanlage gab es nicht in diesem Auto, deshalb kurbelte der Fahrer die Fensterscheibe herunter. Der Fahrtwind brachte mir die erwünschte Kühlung. Auf dem Weg zum Hotel fragte mich der ältere Mann, wie denn meine weiteren Pläne seien. Sicherlich möchte ich doch die Sehenswürdigkeiten in der näheren Umgebung besichtigen, meinte er. Dies bejahte ich. So erzählte ich ihm, dass ich vorhatte, am nächsten Tag nach Ellora zu fahren und am darauffolgenden nach Ajanta. „Ach", meinte er, „Ellora ist kein Tagesausflug! Ellora können Sie an einem Nachmittag besichtigen. Es liegt nur eine gute halbe Stunde von hier entfernt, knapp 20 Meilen. Ich mache Ihnen einen guten Preis und ich kann Sie gleich hinfahren, so Sie möchten." Sein Vorschlag kam mir jedoch etwas zu schnell. *Sollte ich mich wirklich aufraffen, in dieser glühenden Hitze weiterzufahren?* Er merkte mein Zögern. So schaute er mich lächelnd an und sagte: „Ich verspreche Ihnen, dass ich gut auf Sie aufpassen werde. Sie brauchen keine Angst zu haben, mit mir dorthin zu fahren. Ich bin Familienvater, habe Frau und fünf Kinder. Als ich noch jung war, habe ich in einer englischen Familie gedient. Madam, Sie sind bei mir in guten Händen." Nun war mir auch klar, weshalb er ein so gutes Englisch sprach.

Er erschien mir glaubwürdig und so ließ ich mich überreden. "Wissen Sie was", erwiderte ich. „Ich checke schnell im Hotel ein und dann fahre ich mit Ihnen nach Ellora." Das tat ich dann auch. Tatsächlich waren wir in gut 45 Minuten in Ellora.

Die Sonne stand hoch am Himmel. Die Luft flimmerte über dem von Süd nach Nord verlaufenden Hang einer Hügelkette, die zu unserer Rechten lag. Mein Fahrer hielt an. Höflich öffnete er mir die Autotür und meinte: „Madam, hier müssen Sie nun leider aussteigen und zu Fuß weitergehen. Der Pfad geht etwas bergan, aber das schaffen Sie schon. Ich warte am anderen Ende der Höhlen. Sie werden mich dort auf dem kleinen Parkplatz wiederfinden."

Es gibt 34 Höhlen auf einer Länge von zwei Kilometern. So hatte ich es in meinem Kunstführer gelesen. *Da wird etwas auf mich zukommen in dieser Hitze,* fuhr es mir durch den Kopf.

Die Höhlen bestehen aus einer Gruppe von zwölf buddhistischen (Mahayana), fünf jainistischen und siebzehn hinduistischen Höhlen. Alle Höhlen sind durchgehend nummeriert. Nr. 16, der aus dem Fels gehauene Kailasa-Tempel in der Mitte der Höhlenreihe, setzt jedoch einen besonderen Akzent. Diese freistehende monolithische Felsarchitektur ist die größte, die Indien aufzuweisen hat. Außerdem bietet der Tempel getreu seiner Rolle als Götterburg ein unerschöpfliches Bilderbuch der hinduistischen Mythologie.

Gespannt begann ich also den Aufstieg, aber nicht ohne vorher einen großen Schluck aus meiner Wasserflasche genommen zu haben. Die Temperatur lag bestimmt über 30 Grad.

In Erwartung eines einmaligen Kunstgenusses ging ich leichten Schrittes bergauf. Weit und breit war keine Menschenseele zu sehen. Wie sagen doch die Inder: Only Englischmen and mad dogs go out in this heat! *Zu welcher Kategorie gehörte ich nun?*

Ich schien der einzige Tourist zu sein in dieser Verlassenheit. *Macht nichts, dachte ich, da kann ich die Höhlen wenigstens ungestört genießen!*

Als ich die erste Höhle betrat, wurde mir plötzlich bewusst, wie angenehm kühl es drinnen war. Welch ein Unterschied zu draußen!

Gemächlich und völlig entspannt ging ich von einer Höhle zur anderen. Ich betrachtete die aus dem Fels gehauenen Skulpturen von Göttern, Bildern von Buddhas und Bodhisattvas (Erleuchtungssucher) und stellte mir vor, wie beeindruckend diese Hochreliefs, als sie noch in Farben und Gold gefasst waren, gewe-

sen sein mussten. Da standen Säulen mit Ranken-
werk, dort eine Tara mit Rosenkranz und Lotus. Siva
thronte mit Parvati auf seinem Reittier, dem Nandi. In
der einen Ecke saß Krishna und betörte Radha, seine
Geliebte, mit seiner Flöte. Ich vertiefte mich in die
Welt der buddhistischen und indischen Mythologie,
die mich nicht zum ersten Mal gefangen hielt. Es gab
aber auch Nischen, wo nur ein Buddha mit einem
Gesichtsausdruck der völligen Entrücktheit saß. Und
es gab Wohnzellen der Mönche. Ich machte mir Gedanken darüber, wie diese Mönche damals vor Jahr-
hunderten in ihrer Einsamkeit wohl gelebt hatten.
Allein oder in Gruppen meditierten sie und suchten
und fanden so ihr Seelenheil – ihr Nirvana.

Ich weiß nicht mehr, wie lange ich in einer der
Höhlen gesessen hatte, eingebettet in einer Stille, die
fast greifbar war. Ich fühlte mich hier so wohl und
hatte plötzlich das Gefühl, hierbleiben zu wollen. Ein
Platz der Ruhe und des Vergessens! Eine innere Ruhe
kam über mich, die mich zum Hierbleiben zwang. Ein
Zustand der absoluten Stille und des Friedens nahm
Besitz von mir. Das Leben da draußen verlor an Bedeutung!

Da, plötzlich ein Geräusch! Etwas schreckte mich
aus meiner Trance. Meine Gedanken kamen zurück
mit Macht. Es war, als ob eine innere Stimme mir
Befehle gab: „Steh auf, du kannst nicht hier bleiben.
Du hast vier Kinder, die brauchen dich. Deine Zeit ist
noch nicht gekommen! Ich lauschte in mich hinein:
„Du hast recht", antwortete ich dieser Stimme. Zögerlich ging ich hinaus ins Licht. Die Sonne brannte
erbarmungslos auf mich herab.

Einen Japaner entdeckte ich, der mit seiner Kamera aus einer Höhle kam. Ich war zurück im Leben.

Nachdem ich die übrigen Höhlen noch besichtigt hatte und vor allem den Kailasa Tempel, der mir in seiner künstlerischen Einmaligkeit immer in Erinnerung bleiben wird, suchte und fand ich meinen Taxifahrer. Ich stieg bei ihm ein. Der alte Mann fragte nichts, spürte wohl, dass ich etwas erlebt haben musste.

Im Hotel angekommen, zahlte ich und bedankte mich bei ihm. Alles, was er antwortete, war: „Go in peace". Und diesen Frieden hatte ich für einen kleinen Moment verspürt.

Jahre sind inzwischen vergangen. Ein Wunsch ist jedoch geblieben:

Ich möchte noch einmal zurück nach Ellora!

Ajanta – eine Legende!

Schon zwischen dem 6. und dem 7. Jh. besuchte der berühmte Chinese Hiuen Tsang Ajanta. Er schrieb: Da gibt es einen großen Berg mit vielen Tälern und Schluchten. In einem dunklen Tal befinden sich Hallen und tiefe Gänge! Er meinte das hufeisenförmige Tal Ajanta!

Mit dem Niedergang des Buddhismus vom 7. Jh. an wurden die Höhlen von Ajanta, die die Mönche und ihre Handwerker mit großer religiöser Hingabe aus dem Felsen geschlagen und liebevoll ausgemalt hatten, vernachlässigt. Erst im 19. Jh. wurden sie wieder durch eine britische Gruppe von Jägern, die sich in die Schlucht des Waghura Flusses wagte, entdeckt.

Überwachsen von tropischer Vegetation, die sich jahrhundertelang ungehemmt ausbreiten konnte, machten die Jäger einige Höhlen ausfindig. Nachdem die zuständigen Regierungsstellen über diesen einmaligen Fund informiert waren, zeigten Archäologen weltweit ihr Interesse.

Während der folgenden 50 Jahre fanden sodann systematisch Ausgrabungen statt. Diese Höhlen brachten Meisterwerke der buddhistischen Kunst wie Statuen von Buddhas, Bodhisattvas, Taras (weibliche Buddhas), Dwarapals (Türsteher) sowie Fresken zum Vorschein, die die ganze Welt in Erstaunen versetzte.

Im Ganzen sind es 28 Höhlen, von denen einige zum Teil, der Großteil jedoch dekorativ mit Fresken und anderen religiösen Abbildern fertiggestellt wurden.

Namhafte Gelehrte und Historiker, die Ajanta besuchten, fragten sich, weshalb sich die Höhlen ausgerechnet in dieser gottverlassenen Gegend mitten im Dekkan befanden. Prof. D. D. Kosambi, ein großer Experte, gab einige plausible Erklärungen.

Erstens, so meinte er, lebten die Mönche gerne in abgelegenen Gegenden, um sich von der Außenwelt zurückziehen zu können.

Zweitens, eine nahegelegene Handelsstraße, wie in diesem Falle, ermöglichte es ihnen trotz der Abgeschiedenheit, lebenswichtige Dinge wie Essen, Utensilien, Werkzeuge und auch Arbeitskräfte zu beschaffen. Ein weiterer Grund mag auch gewesen sein, dass die Beschaffenheit des Gesteins mit den damals zur Verfügung stehenden Werkzeugen gut zu bearbeiten war. Also wichtige Gründe, die die Entscheidung, sich hier niederzulassen sicherlich beeinflusste.

Diese berühmte Kultstätte musste ich sehen! So machte ich mich nach einer traumlosen Nacht in Aurangabad auf den Weg zum Tourismus-Büro, um eine Tagestour zu den Höhlen zu buchen.

Das Büro war nicht weit vom Hotel entfernt. Nach einem kurzen Fußweg empfing mich eine nette junge Inderin.

„May I help you, Madam?", war ihre Frage. Ich erklärte ihr mein Anliegen. Sie buchte für mich die Tour gleich für den nächsten Tag.

Gut gelaunt stand ich früh auf. Punkt 7 Uhr war ich an der Bushaltestelle. Der avisierte klimatisierte Bus sah sehr betagt aus und die vielen ausgebesserten Rostflecken waren nicht gerade vertrauenserweckend. Nichtsdestotrotz – es blieb mir ja keine andre

Wahl – stieg ich ein. Zum Glück fand ich auch gleich einen Fensterplatz. Schnell füllte sich der Bus. Ich sah mich um und sah nur einheimische Gesichter! Nicht dass ich irgendwelche Vorurteile oder Berührungsängste hätte, aber alle Leute unterhielten sich in ihrer Sprache und ich hatte plötzlich Bedenken, wie es wohl wäre, wenn etwas unterwegs passieren würde. Würde ich mich verständigen können? Ob da wohl jemand unter ihnen englisch sprechen könnte?

Mit gemischten Gefühlen saß ich auf meinem Fenstersitz und starrte vor mich hin. Der Bus müsste jetzt jeden Moment losfahren!

Da! Auf einmal öffneten sich die zur Abfahrt bereits geschlossenen Türen noch einmal! „Bonjour, mes dames et monsieur", ertönte es fröhlich. Ich guckte überrascht zur Tür. Drei junge Mädchen bestiegen den Bus! Wunder über Wunder. Ich war nicht mehr allein!

Nach kurzem Blickkontakt kamen die jungen Damen auf mich zu. Wir wechselten ein paar Worte, und da in meiner Reihe rechts noch Platz war, setzten sich die jungen Damen dort hin.

Mir fiel ein Stein vom Herzen! Nun hatte ich drei Ansprechpartnerinnen! Der Bus fuhr planmäßig los!

Gut so, dachte ich, denn wir hatten einige Stunden Fahrt vor uns.

Schnell kamen wir vier Europäerinnen ins Gespräch und radebrechten in drei Sprachen – englisch, französisch und deutsch. Das hörte sich teilweise recht lustig an!

Nach etwa vier oder fünf Stunden einer trostlosen Fahrt durch den Dekkan erreichten wir endlich unser

Ziel, die Höhlen von Ajanta. Es war inzwischen brütend heiß!

Zuerst steuerten wir „Vier" ein kleines Restaurant an, denn wir waren nach der langen Fahrt hungrig und durstig. Kein Wunder bei ca. 35 Grad im Schatten!

Danach machten wir uns gemeinsam auf den Weg, folgten dem ausgetretenen Pfad am Felshang entlang, um die Höhlen zu entdecken!

Gleich die erste Höhle, die um das 6. bis 7. Jahrhundert datiert ist, begeisterte uns. Die große Buddhastatue im Zentrum der Höhle und ein Boddhisattva zu seiner Rechten waren bewundernswerte Steinmetzarbeiten. Ferner dienten Fresken von Göttinnen, Tänzerinnen mit Musikern, das Bildnis zweier Liebenden, goldene Gänse und sogar ein rosafarbener Elefant dazu, dem Betrachter Glücklichkeit und die Einheit aller Dinge des Universums zu vermitteln.

In der Höhle Nr. 6 war bereits die Mahayana Phase des Buddhismus ersichtlich. Die Steinmetze hatten wahrscheinlich hölzerne Prototypen kopiert.

Staunend gingen wir weiter von Höhle zu Höhle. Manche waren jedoch weniger attraktiv und teilweise unvollendet.

Da unterbrach Eliane meinen Gedankengang: „Was sind eigentlich Boddhisattvas, Liz", fragte sie mich. „Oh, Boddhisattva bedeutet Erleuchtungswesen. Sie sind nach höchster Erkenntnis strebende Wesen, die die Buddhaschaft anstreben bzw. in sich selbst realisieren, um sie zum Heil aller lebenden Wesen einzusetzen. Sie sind ein wenig wie Saints in der christlichen Religion." „Hm, das ist interessant", erwiderte Eliane.

Weiter ging es den steinigen Weg entlang. In einigen der Höhlen konnte ich die verschiedenen Charaktere der Jataka Geschichten wiedererkennen. Jedes buddhistische Kind wird mit diesen Geschichten groß. Sie erzählen von den vorherigen Leben des Buddha und vermitteln gleichzeitig moralische und ethische Werte. Ich habe drei Bände der Jataka Geschichten in meinem Bücherregal und ich habe meinen Kindern oft daraus vorgelesen.

So wanderten wir „Vier" in der Mittagshitze am Felshang entlang. Manchmal blieb die eine oder andere von uns zurück, um bestimmte Höhlen eingehender betrachten zu können. Ich fühlte mich um Jahrhunderte zurückversetzt und versuchte mir vorzustellen, wie wohl das Leben dieser Menschen gewesen sein musste. Weit entfernt von unserer heutigen Technologie, ohne Radio und Fernsehen, ohne Telefon und ohne Transportmöglichkeiten muss eine Karawane, die mal alle paar Monate vorbeizog, das „Ereignis" schlechthin gewesen sein. Da gab es Kontakte zur Außenwelt! Sicherlich wurden nicht nur materielle Güter, sondern auch spirituelle Ideen ausgetauscht. Denkanstöße und Gesprächsthemen für viele Monate!

Meine drei Gefährtinnen und ich hatten schließlich unseren Rundgang beendet. Wie ausgemacht, trafen wir uns zu einer bestimmten Zeit im Restaurant zu einem kleinen Imbiss. Gestärkt stiegen wir sodann in unseren klapprigen Bus, um die Heimfahrt anzutreten. Es war Spätnachmittag, das friedliche Ajanta Tal war bereits in tiefe Schatten gehüllt.

Wir würden müde und um viele Erlebnisse reicher und sicherlich auch ein wenig nachdenklich spät abends in Aurangabad ankommen.

Sober Island

Colombo, Jan. 2013

Zurückgelehnt in einen bequemen Korbsessel betrachte ich von meinem Balkon aus den Himmel, der wolkenverhangen über den Dächern liegt. Es wird, wie mir scheint, einen tropischen Regentag geben – und das Ende Januar, eigentlich schon in der Trockenzeit. Der graue Himmel lässt die Sonne kaum noch durch. Es ist schwülheiß. Die Kokospalme, im rechten Winkel zu meinem Balkon, die darauf wartet, dass die großen Bündel von gelb-orange farbenen Königskokosnüssen gepflückt werden, ragt nur wenige Meter vor mir in die Höhe. Die Blätter bewegen sich kaum. Kein Lüftchen regt sich.

Bei einem kühlen Glas Orangensaft hänge ich meinen Gedanken nach. Wir kamen erst gestern aus Trincomalee, der großen Stadt an der Ostküste, zurück. Genau genommen waren wir nicht in der Stadt selbst, sondern in ihrer Umgebung. Trincomalee hat den zweitgrößten Hafen in Asien, wunderschöne Strände und einsame Buchten.

Mit Freunden hatten wir dort drei Tage, von Silvester bis zum 3. Januar, im Hotel Resort auf dem Sober Island, das mitten im Hafen liegt, gebucht. *Sober Island !* Sober heißt auf Deutsch "nüchtern". Die Engländer, die seit 1815 Sri Lanka als Kronkolonie besaßen und mehrere Stützpunkte im Hafen errichtet hatten, gaben der Insel ihren Namen. Die englischen Marinesoldaten wurden damals dorthin zum "Ausnüchtern" verfrachtet. Vielleicht würden wir heute dazu Entzugsanstalt sagen. Damals eine gute Idee, denn weit und breit gibt es dort keine Kneipe. Wir allerdings sind nicht zum Ausnüchtern hingefahren! An Silvester bleibt man normalerweise nicht unbedingt *sober*!

So waren wir angenehm überrascht, als wir nach einer Fahrt durch den Hafen mit dem Marineboot am Pier von Sober Island anlegten und eine schöne Hotelanlage vorfanden. Ein schmaler Pfad führte steil den Hügel hinauf zu unseren Zimmern. Diese waren klimatisiert und mit Möbeln aus edlen Hölzern ausgestattet. In diesem gediegenen Luxus fühlten wir uns sofort wohl.

Zu einem "Sundowner" begaben wir uns ins Restaurant, welches sich oben auf dem Hügel in luftiger Höhe befand. Von unserer Sitzecke aus konnten wir den Sonnenuntergang in prächtigen Farben beobachten. Punkt 18 Uhr versank der Hafen in Dunkelheit, jedoch die Lichter am Ufer begrenzten ihn wie eine Lichterkette.

Nach einem guten Abendessen beschlossen wir, den Abend mit unseren Freunden auf deren Terrasse zu verbringen. Feuerwerk auf der Werft und an Land ließen Silvesterstimmung aufkommen. Ein paar Fotos zeugen noch von einer gemütlichen Runde.

Die lange Fahrt von Colombo nach Trincomalee, immerhin über sechs Stunden, auf teilweise sehr holprigen und kurvenreichen Straßen hatte uns recht müde gemacht, so dass sich die nötige Bettschwere bald einstellte und wir nach einem gesunden Schlaf frisch und munter im neuen Jahr – 2013 – aufwachten.

Sober Island ist bewaldet. Auf verwinkelten Pfaden, mit meiner Kamera in der Hand, hatte ich zusammen mit Fred gleich nach unserer Ankunft die Umgebung erkundet. Vögel, die wir zwar hören, aber nicht sehen konnten, sowie uralte Bäume, mit Wurzeln überwachsene Waldwege, zeugten von einer reichen Fauna und Flora.

Bei dieser, unserer ersten Erkundungstour hatten wir gleich festgestellt, dass der Weg zum kleinen Sandstrand, über Stock und Stein, bergauf und bergab nichts für unsere Freunde sei. Wir berichteten ihnen nach unserer Rückkehr und überlegten: "Was tun?". Nach Rücksprache mit den anderen Freunden, die dieses Problem auch sofort erkannten, sprach Ananda, unser Freund, mit einem Marineoffizier. Da wir alle nicht gewillt waren, diesen beschwerlichen Weg zum Strand zurückzulegen, stellte uns die Marine daraufhin ein Boot für den nächsten Tag in Aussicht.

Nach dem Sekt-Frühstück am Neujahrstag fuhren wir, gut gelaunt, mit dem Motorboot um die Insel herum zum Strand. Ein strahlend blauer Himmel lud zum Baden ein. Der Strand war ganz privat, wir waren die einzigen Gäste. In der kleinen Bucht verbrachten wir einige erholsamen Stunden mit Schwimmen und Sonnen. Ein Marine-Boy hielt in einiger Entfernung Wache, so dass uns nichts passieren konnte. VIP Service nannten wir es, meine Freundin Bettina und ich, und kicherten dabei leise.

Abends in gemütlicher Runde beschlossen wir, dennoch am nächsten Tag abzureisen. Ein Anruf im nahe gelegenen Golf-Club "Eagle's Nest", dem früheren "Sea Anglers Club", der inzwischen von der Air Force übernommen war, bestätigte uns, dass dort noch zwei Zimmer frei wären. Dieser Club befand sich in einer geschützten Bucht mit direktem Zugang zum Strand. Dies war ganz in unserem Sinne. So brachen wir am nächsten Tag nach dem Frühstück auf, um im "Eagle's Nest" unseren letzten Urlaubstag zu verbringen.

Das Boot der Marine brachte uns zurück zum Dock, an dem wir vor zwei Tagen abgelegt hatten. Mit dem Geländewagen von Ananda fuhren wir dann die Hafenstraße entlang, an der Prima-Brotfabrik, einem ehemaligen Entwicklungsprojekt der Chinesen vorbei, Richtung Clappenburg.

Vorbei an saftig grünen Golfplätzen, hier ein Hügel, dort ein Teich, in dem man seine Golfbälle nie mehr wiederfand, erreichten wir schließlich den Club. Uns stand das Erstaunen buchstäblich ins Gesicht geschrieben. Der Sea Anglers Club hatte sich in einen super tollen Golf Club verwandelt. Das frühere etwas heruntergekommene Clubhaus, war bestens renoviert. Die schöne Bucht mit Strand und Anlegesteg erinnerte uns dennoch an eine längst vergangene Zeit, die wir hier mit unseren Kindern verbracht hatten.

Wir waren überrascht, wie geschmackvoll und luxuriös die Zimmer ausgestattet waren. Zwei große Glastüren gaben den Blick frei auf eine Veranda, hinter der sich die große Clappenburg-Bucht erstreckte.

Bettina und ich schauten uns an und hatten denselben Gedanken: *Jetzt gleich ins Wasser!* Gedacht, getan! Während die Männer sich noch an einem kühlen Bier labten, schwammen wir Frauen bereits in der Bay.

Genau das hatten wir auf Sober Island vermisst: Das Meer vor der Haustür!

Der Service, das Essen, alles war auch hier erstklassig, sodass wir unseren Entschluss, das Hotel gewechselt zu haben, nicht bereuten. So genossen wir den letzten Urlaubstag und gemeinsamen Abend in vollen Zügen. Nette Gespräche über alte Zeiten, viel Gelächter in Erinnerung an unsere Ferienurlaube hier mit den Kindern ließen die Zeit schnell vergehen. Eine, zwei oder auch drei gute Flaschen Rotwein gaben uns dann die nötige Bettschwere.

Als wir am nächsten Tag unsere Koffer gepackt hatten und abreisten, fing es zu regnen an. Der Himmel schien zu weinen genau wie wir, da wir diesen herrlichen Urlaubsort mit all seinen Erinnerungen verlassen mussten.

Aber: There is always a next time! – hat uns getröstet.

Geschichten aus Sri Lanka

Erinnerungen an meine Zeiten im Nationalpark „Yala"

Mein erster Tag im Dschungel

Die Reifen quietschen!
Vor unserem Bungalow auf dem Estate hält ein Wagen. Neugierig schaue ich aus dem Küchenfenster. Mein Schwiegervater steigt aus seinem Peugeot, eine braune Papiertüte unter dem Arm geklemmt. Damals im Jahre 1963 waren Plastik-Tüten in Sri Lanka noch unbekannt.

„Hallo, Appucha" – was auf Deutsch so viel wie Hallo Vater heißt, rufe ich ihm entgegen. „Was bringt dich schon am frühen Morgen zu uns?" Mein Schwiegervater umarmt mich, drückt mir einen Kuss auf die Wange und sagt: „Liz, ich hab dir etwas mitgebracht". Während ich gespannt die Tüte öffne, kommen meine Söhne, Romesh und Upali, angerannt, um den Großvater zu begrüßen. Das neue Fahrrädchen muss dem Großvater gleich vorgeführt werden und so verschwinden alle Drei hinter dem Haus.

Ich luge in die Papiertüte und ziehe einen grün gemusterten Baumwollstoff heraus. Es sind ungefähr vier Meter Stoff. Ich wundere mich, was ich wohl damit anfangen soll. Ich gehe auf die Veranda, wo sich Schwiegervater und Kinder nun befinden. „Appucha", sage ich, „ich habe doch gar nicht Geburtstag. Für was ist denn der Kleiderstoff?" „Das kann ich dir sagen, Liz", erwiderte er lachend. Ich habe eine Überraschung für dich und deshalb sollst du dir ein Kleid oder auch einen Rock und eine Bluse nähen und zwar so bald wie möglich, denn ich plane eine Safari für nächste Woche. Ich würde mich freuen wenn ihr, du und dein Mann, mitkommen würdet. Im Dschungel muss man sich unauffällig anziehen, am besten sind grüne oder braune Farben". Jetzt verstand ich auch, was es mit dem grünen Kleiderstoff auf sich hatte. Verschmitzt lächelnd sagte er dann noch "Die Kinder könnt ihr ja bei der Großmutter lassen. Sie kommen schon mal ein paar Tage ohne euch aus. Außerdem freut sich Großmutter schon, sie ein bisschen verwöhnen zu dürfen."

In der darauf folgenden Woche fuhren wir dann zu den Schwiegereltern. Wir übernachteten bei ihnen. Schwiegervater hatte noch am Abend mit seinen Bediensteten alles vorbereitet für die Safari. Der Landrover mit den Zelten, den Lebensmitteln, den Kochtöpfen und allem, was man zum Überleben im Dschungel brauchte, stand zur Abfahrt bereit. So mussten wir nur noch in die Autos springen. Nach einer Tasse schwarzen Tees ging es früh um fünf Uhr los. Frühstück gab es dann unterwegs im Rasthaus von Tissamaharama, das ca. 20 - 30 km von dem Nationalpark entfernt war.

Den größten Teil der Fahrt hatten wir noch in den kühlen Morgenstunden zurückgelegt. Als wir nach einem ausgiebigen sri-lankischen Frühstück, das auch Reis und Fischcurry beinhaltete, gestärkt los fuhren, war es schon heiß geworden. Der azurblaue Himmel, den kein Wölkchen trübte, versprach einen schwülen, tropischen Sommertag.

Nachdem wir uns im Büro am Eingang des Nationalparks registriert und zwei Ranger angeheuert hatten, begaben wir uns ins Innere des Parks zu einem Zeltplatz, den Schwiegervater bereits im Voraus gebucht hatte. Damals, vor 50 Jahren, konnte man noch in freier Natur zelten. Heute wäre dies unmöglich.

Über staubige, mit rotem Geröll übersäte Pisten erreichten wir nach etwa 40 Minuten den Zeltplatz. Als erstes wurden die Zelte aufgebaut, darunter das Küchenzelt zur sofortigen Benutzung, denn wir alle freuten uns schon auf ein gutes Mittagessen. Danach wurden die Schlafzelte, eins für die Frauen und eins für die Männer, aufgezogen. Im Frauenzelt schliefen ich, Schwiegervaters Nichte Lila, Tante Ira sowie eine Freundin von ihr. Im Männerzelt schliefen mein Schwiegervater, mein Mann, dessen jüngerer Bruder und der Mann von Tante Ira. Die Bediensteten und die beiden Ranger hatten ein separates Zelt. Alles in allem zählten wir 12 Leute. Für den Koch war es daher keine leichte Aufgabe jeden Tag drei Mahlzeiten vorzubereiten. Tante Ira aber war Küchen-Chefin und hatte alles im Griff. Sie stellte die Menüs zusammen und der Koch tat dann das übrige.

Mein Schwiegervater arrangierte die Streifzüge in den Park. In jedem Vehikel musste ein Ranger mitfahren, der die Örtlichkeiten des Parks kannte.

Der erste Ausflug war gleich für den Nachmittag geplant.

Ich war schrecklich aufgeregt und voller Erwartungen. Mein aller erstes Mal im Dschungel!

Gegen 16 Uhr mahnte mein Schwiegervater zum Aufbruch. Die Tiere kämen am Spätnachmittag zu den Wasserlöchern, auch die Vögel seien dann auf Futtersuche bevor es dunkel würde, meinte er.

In Sri Lanka, nur ca. 7 Grad nördlich des Äquators, wird es gegen 18 Uhr dunkel. Man kann fast die Uhr danach stellen.

Ich hüpfte mit Lila hinten in den offenen Landrover. Die Plane war an den Seiten hochgerollt, damit man die Tiere besser beobachten konnte. Schwiegervater saß vorne neben dem Fahrer. Mein Mann sowie ein Ranger saßen auf der einen Seite des Vehikels, Lila und ich auf der gegenüberliegenden.

Auf lehmroten, unbefestigten Wegen und sumpfigen Dschungelpfaden fuhren wir in entlegene Teile des Nationalparks. Wir wollten Leoparden, Bären und Elefanten aufspüren.

Als wir an den „Puthuwa Plains" entlang fuhren sahen wir auf der anderen Seite des künstlichen Sees eine ganze Herde Elefanten. Sogar Babies befanden sich darunter. Wir hielten den Landrover an und beobachteten Sie eine ganze Weile. Sie grasten friedlich in der Nähe einer Herde von Rehen. Beide Tierarten ließen sich von der jeweiligen anderen nicht stören. Als wir genug beobachtet hatten, fuhren wir weiter. Schwiegervater wollte in dichteres Gehölz in der Hoffnung einen Leoparden zu erspähen. Aber anstatt eines Leoparden begegneten uns drei Bären. Eine Bärenmutter war gerade im Begriff, auf einen Palu-Baum (Manilkara hexandra) mit ihren zwei halbwüchsigen Jungen zu klettern. Die Bären lieben die kleinen gelben Früchte dieses Baumes und sind ganz süchtig danach. Es war eine Wonne, die Drei zu beobachten. Die Mutter kletterte vorne weg und die Kleinen hinterher. Der kleinere der beiden Jungen rutschte jedoch immer wieder ein Stück ab, so, als ob er noch etwas Übung nötig hätte. Aber auch er schaffte es schließlich bis in die Krone des Baumes.

Da wir unseren Landrover etwa 30 m vom Palu-Baum entfernt geparkt hatten, um die Tiere nicht zu stören, gelangen meinem Schwiegervater fantastische Teleaufnahmen dieser Bärenfamilie.

Früher, als er noch ein junger Mann war, ging Schwiegervater oft auf Safari, jedoch mit dem Gewehr. Er war ein vorzüglicher Schütze. Die Geweihe von Rehen, Elchen, ausgestopfte Köpfe von Wildschweinen sowie einige Leopardenfelle zeugen von seinen Safari-Zeiten. Auch wir hatten zuhause ein wunderschönes Leopardenfell im Schlafzimmer liegen.

Ich weiß nicht, welches Erlebnis den Anstoß gab, dass er von heute auf morgen das Jagdgewehr gegen die Kamera tauschte. Er hat es mir nie verraten. Lebensnahe Aufnahmen von Elefanten, Leoparden und anderen Tieren in freier Wildbahn hingen bei ihm zuhause an allen Wänden und bewiesen seinen Sinneswandel.

Weiter ging es ans nächste Wasserloch. „Shh" machte mein Schwiegervater. Der Ranger zeigte auf einen großen Elch, der mit seinem mächtigen Geweih in einiger Entfernung vom Wasserloch stand und vorsichtig nach rechts und links spähte. Als er überzeugt war, dass keine Gefahr lauerte, näherte er sich langsam dem Wasserloch um seinen Durst zu stillen.

Just in diesem Augenblick flogen zwei „Hornbills" (Anthracoceros coronatus) von fast einem Meter Länge, die auf dem Ast eines abgestorbenen Baumes gesessen hatten, kreischend auf. Vielleicht hatten sie uns bemerkt. Der Elch ließ sich jedoch dadurch zum Glück nicht stören, so dass wir ihn weiterhin beobachten konnten.

Ich war begeistert: Elefanten, Bären, Rehe, einen Elch, Hornbills und etliche andere hübsche Vögel hatte ich in dieser kurzen Zeit gesehen. Aber für Appucha war es noch nicht genug. Er wollte mir noch mehr Elefanten zeigen.

Auf mit Schlaglöchern bestückten Pfaden näherten wir uns dem Fluss, dem „Menique Ganga", der nach einigen Kilometern hier ins Meer floss.

Da, plötzlich eine kleine Lichtung am Wegrand! Und was sahen wir? Nur ca. 15 Meter von uns entfernt stand ein einsamer Elefantenbulle. Wir hielten sofort an, stellten den Motor ab und verhielten uns mucksmäuschen still. Der Bulle war anscheinend vertieft in sein Abendessen, riss Blätter von einem Baum mit seinem Rüssel ab und fraß sie genüsslich. Nach einer Weile drehte er jedoch langsam den Kopf in unsere Richtung. *„Warum müssen diese menschlichen Wesen mich beim Abendbrot stören?"* Dachte er sicher und mit Recht.

Mit seinen großen Ohren wedelte er sich Kühlung zu und beäugte interessiert unseren Landrover. Er kam ein paar Schritte näher, blieb dann stehen und scharrte unruhig mit dem Vorderfuß. Daraufhin nahm er trockenen Sand in seinen Rüssel und warf ihn über sich. Schwiegervater war die Ruhe selbst und machte zwischenzeitlich Fotos von dem Tier.

Ich muss gestehen, dass mir etwas unheimlich zumute war. So nahe war ich noch keinem Elefanten gekommen, nicht im Zoo und schon gleich gar nicht in freier Natur. Er kam näher und näher. Ich hielt den Atem an. Nun nur noch zehn Meter Entfernung: *Zehn Meter sind gar nichts! Wenn der Bulle will, kann er mit ein paar Schritten bei uns sein und den Landrover umkippen.* Ich starre fasziniert auf seine Stoßzähne!

Plötzlich hob der Elefant seinen Rüssel und trompetete laut. Auch mein Schwiegervater realisierte nun, dass das Tier angriffsbereit war. Er, der keine Angst vor Elefanten hatte, sprang mit einem Satz vom Landrover und rief mit lauter Stimme dem Tier ein „Mandara" zu.

Der Bulle hielt mitten im Lauf inne, stutzte einen Moment, als ob er Wort für Wort verstanden hätte, rannte dann hinter dem Landrover vorbei in den Dschungel.

Ich hatte beim Herannahen des Bullen meinen Kopf gesenkt, dachte, dass das Ende gekommen wäre. Heute erinnere ich mich noch an das Auge des Elefanten, den bösen Blick! Dieses Erlebnis werde ich nie vergessen, obwohl doch die Episode ein gutes Ende genommen hatte.

Noch viele Elefanten, große und kleine, einsame Bullen sowie Elefantenmütter mit ihren Jungen hatte ich auf dieser Safari gesehen, aber keiner war so aggressiv gewesen wie dieser.

Leoparden hatte ich noch bestaunen können. Sogar eine vollgefressene Python hatten wir unter einem Busch entdeckt. Sie war ungefährlich, denn sie konnte sich kaum bewegen nach ihrer Mahlzeit. Wunderschöne tropische Vögel: Wiedehopfe, Bienenfresser, Nektarvögel, Spechte, Seeadler, Falken, verschiedene Wasservögel, darunter Störche in allen Farben, konnte ich beobachten. Die Fauna und auch die Flora war im Nationalpark überwältigend.

Gerne denke ich an diese Tage in der freien Natur zurück. Diese erste Erfahrung im Dschungel, die Freude und die Begeisterung, Tiere in ihrem natürlichen Habitat beobachten zu können, ist bis heute geblieben.

Appucha, dies habe ich allein Dir zu verdanken.

Am Lagerfeuer[2]

An unsere Abende am Lagerfeuer im Nationalpark „Yala" erinnere ich mich nur zu gerne.

Nach einem Tag, voller Staub und Schweiß – wir waren nämlich im Landrover herumgefahren – auf unwegsamen Geröll- und Waldpfaden, freuten wir uns auf ein abendliches Bad im seichten Fluss „Menik Ganga", der an unserem Zeltplatz vorbei floss.

Zu dieser Jahreszeit war das Wasser meistens nur knietief, was den Vorteil hatte, dass die Krokodile

---

[2] Bereits erschienen in „Von Landpomeranzen und mondsüchtigen Leoparden" ISBN 978-3-7322-8076-6

schön brav in ihren Löchern an den Sandbänken des Flusses blieben. Wir hatten ein stilles Übereinkommen mit ihnen getroffen, dass sie nur bei hohem Wasserstand heraus durften, und hofften, dass sie sich daran hielten!

Ein gutes Curry-Abendessen, ein Bier oder zwei hatten uns nach dem abendlichen Flußbad in gute Stimmung versetzt. Entspannt saßen wir in unseren Camping-Stühlen um die Öllampe, die in der Mitte des Kreises stand, den wir gebildet hatten. Ein offenes Lagerfeuer war im Dschungel verboten, da viel zu gefährlich. In der Trockenzeit hätte ein einziger Funke unsagbar viel Unheil anrichten können. Die vielen verheerenden Waldbrände in Kalifornien, Spanien und anderen südlichen Ländern zeugen davon.

In diesen Stunden der Entspannung ließen wir meistens den vergangenen Tag Revue passieren. Wir erinnerten uns an die Erlebnisse, die wir gehabt, die Tiere, die wir beobachtet hatten. Der eine oder andere unter uns gab dann auch mal eine Geschichte aus früherer Zeit zum Besten, die spannend, lustig oder sogar witzig war.

Mein Schwiegervater hatte immer ein paar solcher Geschichten auf Lager. An eine erinnere ich mich noch besonders gut.

„Als ich noch ein junger Mann war", so fing er zu erzählen an, „und mit meinen Freunden zusammen mich wieder einmal auf Safari befand, begleitete mich auch Onkel Ferdinand.

Nach einem beschwerlichen Tag, an dem wir auf der Suche nach einem Leoparden gewesen waren, kehrten wir ins Zeltlager zurück.

Zuerst stürzten wir ein kühles Bier hinunter, das unseren trockenen Kehlen unsäglich gut tat. Danach krempelten wir unsere Hosenbeine hoch, wateten in den Fluss, um uns zu waschen. Wir liefen bis in die Mitte des Flusses, der selbst da nur knietief war. Da blieb Onkel Ferdinand plötzlich stehen und rief nach seinem persönlichen Diener: „Vije, bring mir doch mal eine Schüssel mit Wasser." Ich sah Onkel Ferdinand verdutzt an und meinte: „Aber Onkel, hast du denn nicht genug Wasser ringsherum, um dir Gesicht und Hände zu waschen?" „Pfui, pfui," erwiderte er und verzog dabei sein Gesicht angewidert, „doch nicht in diesem Fluss, wo die Krokodile ihre Notdurft verrichten".

Das war Onkel Ferdinand! Ein Witzbold und ein wenig verrückt. Viele Geschichten gab es über ihn. Z.B. auch diese, erzählt von seiner Tochter Lila.

Eines Tages, als ich in Lilas Elternhaus zu Besuch war, führte sie mich in das Schlafzimmer ihres Vaters, jenes Onkel Ferdinand, der jedoch inzwischen verstorben war.

„Siehst du die verputzten kleinen Einschusslöcher an den Wänden?"

„Ja, schon; was hat das zu bedeuten?"

„Mein Vater hat früher immer auf Mäuse geschossen, wenn er nachts nicht schlafen konnte. Er sah immer Mäuse!". „Mutter ist dann aus lauter Frust in den anderen Flügel des Hauses gezogen. Da wohnt sie immer noch".

Onkel Ferdinand war wirklich sonderbar! Gott, hab ihn selig!

Der alte Yala-Bungalow[3]

Ich kenne noch den alten Bungalow. Inzwischen gibt es einen neuen, modernen, einstöckigen Bungalow mit großer Terrasse, der genau wie der alte nicht weit vom Fluss Menik Ganga liegt.

Der alte Bungalow war ein ebenerdiges Gebäude mit drei oder vier Zimmern, die aber nicht zum Schlafen einluden. Sie dienten nur dazu, unsere Habseligkeiten wie Taschen, Kameras etc. aufzubewahren. Wir alle schliefen des Nachts auf der breiten dem Haus vorgelagerten Veranda. Unsere Camping-Betten standen in Reih und Glied wie Soldaten nebeneinander. Oft waren es 10 bis 12 Betten, je nachdem wie groß Schwiegervaters Safari-Gesellschaft war.

Ich erinnere mich noch sehr gut an den ersten Abend im Yala-Bungalow. Nach einer abenteuerlichen Fahrt am Spätnachmittag auf holprigen und unwegsamen Pfaden, vorbei an den bekannten Wasserlöchern, Siyambalagaswala, Palugaswala und Uraniyawala, wo wir die Tiere beobachten konnten, die zur abendlichen Tränke kamen, parkten wir unsere Vehikel unter dem altehrwürdigen Tamarindbaum (Tamarindus indicus) vor dem Bungalow.

Wie immer wurde ein kühles Bier serviert, Limonaden gab es für die Nichtalkoholiker! Der Koch verschwand gleich wieder in der Küche, denn er war dabei, das Abendessen vorzubereiten – einen gut gewürzten, manchmal auch feurigen Reis und

---

[3] Bereits erschienen in „Von Landpomeranzen und mondsüchtigen Leoparden" ISBN 978-3-7322-8076-6

Fleischcurry. Wir saßen müde, aber zufrieden auf den Rattanstühlen auf der Terrasse, unser Bierchen in der Hand und resümierten unsere Erlebnisse. Bald würde es dunkel sein. Aber das hieß nicht, dass alle Tiere im Dschungel zur Ruhe gingen; im Gegenteil.

Der Dschungel lebt auch in der Nacht und wird von unwahrscheinlich vielen Geräuschen durchdrungen. Es gibt ein irrsinniges Zirpen und Summen der verschiedensten Insekten, Rufen von Vögeln wie Käuzchen und Uhus. Oft schreien die Pfaue, die sich auf ihren Lieblingsbäumen zur Nachtruhe niedergelassen haben, wenn ein Leopard in der Nähe auf Pirsch geht. Häufig randalieren auch die Äffchen und spielen völlig verrückt, wenn sich ein Raubtier in ihrer Nähe befindet. Sie kreischen und springen von Ast zu Ast. Mit einem Wort, viele Tiere schlafen nicht oder nur mit einem Auge, um Gefahren zu erkennen und um ihre „Nachbarn" zu warnen.

Auch an diesem Abend lauschten wir der Vielfalt von Geräuschen, während wir den vergangenen Tag Revue passieren ließen. Der Koch erschien schließlich auf der Veranda und verkündete stolz: „Sir, das Abendessen ist angerichtet." Mein Schwiegervater begab sich in das Esszimmer, gefolgt von lauter hungrigen Seelen. Ich wollte mich jedoch noch vor dem Essen ein wenig frisch machen. Katzenwäsche natürlich!

In den Räumen sowie im Badezimmer war es reichlich dunkel und nur mit Hilfe einer kleinen Öllampe konnte man seinen Weg finden. Ich bat meinen Mann daher, mich zu begleiten. Mein Mann hielt die Öllampe und ich wusch mir Gesicht und Hände, setzte mich danach zögerlich auf die Toilette. Auf einmal tat ich einen Schrei und einen Satz. Ein Baumfrosch, den ich gar nicht bemerkt hatte, war auf meine Schulter gesprungen, als ich nichtsahnend meine Notdurft verrichtete. Da blickte ich an die Decke hoch und sah zu meinem Entsetzen im Gebälk einen Frosch neben dem anderen hocken. Interessiert beobachteten sie mich mit ihren großen Augen. „Das sind doch nur harmlose Baumfrösche", sagte mein Mann schmunzelnd, hob die Öllampe noch etwas höher, damit ich sie auch richtig sehen konnte. Ich hatte jedoch genug gesehen, stürzte aus dem Bad und schrie lautstark: „Da gehe ich nie wieder rein!".

Alle hatten meinen Schrei gehört und waren alarmiert. Schwiegervater kam mir sofort aus dem Esszimmer entgegen. „Was ist passiert?" fragte er besorgt. Mein Mann zuckte nur mit den Schultern; „Baumfrösche" sagte er lakonisch.

Mein Schwiegervater aber nahm mich in den Arm „Kind, du musst vor denen keine Angst haben, die tun dir nichts. Als ich deinen Schrei hörte, dachte ich, du hättest Bekanntschaft mit einer Schlange gemacht!" Da wusste ich, dass ich noch sehr viel über den Dschungel lernen musste.

Elefanten auf Nachtwanderung

„Weißt du noch", sagte ich an meinen Mann gewandt, „was wir erlebten, als wir die Safari zum Yala-Park arrangierten?" „Ja, ja", erwiderte er schmunzelnd, „ich erinnere mich noch sehr gut daran. Es war ungefähr vor drei oder vier Jahren. Es war kurz nach dem Tod meines Vaters und wir wollten ihm zu Ehren eine Safari organisieren. Ich sehe dich, wie du mit Bleistift in der Hand und einer langen Einkaufsliste in der Küche standest. Streichhölzer, Lebensmittel, Getränke, Trinkwasser, alles musste mitgenommen werden. Nichts, auch nur das kleinste Ding durfte fehlen, denn im Dschungel gibt es keinen *Tante Emma Laden*".

Wir hatten außer unseren Familienangehörigen unsere Freunde, Rukmali und Indra, beide Ärzte, eingeladen, die das erste Mal in den Dschungel fuhren. Rukmali, die als Kinderärztin tätig war und meine Kinder hin und wieder verarztete, schlief neben mir im Frauenzelt. Wir Frauen, ca. sechs an der Zahl, darunter auch Lila, die Nichte meines verstorbenen Schwiegervaters, hatten ein Gemeinschaftszelt wie eh und je. Die Männer wiederum hatten ihr eigenes Zelt. Es gab auch noch ein Küchenzelt, in dem die Vorräte verstaut waren und das gleichzeitig dem Koch und seinen Helfern sowie dem Ranger zum Schlafen diente.

Am zweiten Abend unseres Aufenthaltes im Yala-Park gingen wir früh schlafen. Wir waren von Wasserloch zu Wasserloch gefahren, hatten viele Tiere gesehen und waren ziemlich müde. Ich war sofort auf meinem harten Camping-Bett eingeschlafen. Mitten in der Nacht weckte mich ein seltsames Geräusch. Danach fühlte ich eine Hand auf meinem Arm und eine Stimme rief leise meinen Namen. „Liz, Liz, wach auf", sagte Rukmali zum wiederholten Male. Schlaftrunken setze ich mich auf. „Was ist, Rukmali?", erwiderte ich. „Von draußen kommen so komische Geräusche, als ob jemand ein Auto startet." Just in diesem Augenblick erscheint mein Mann im Zelteingang, Taschenlampe in der Hand. „Wollt ihr ein paar Elefanten sehen", sagte er mit gedämpfter Stimme. „Ja", sagte ich sofort und sprang aus meinem Camping-Bett. Meinen Sarong band ich mir fester um die Hüften. Zusammen mit Rukmali schlich ich aus dem Zelt. Zu unserer Überraschung waren alle Männer auf dem Zeltplatz versammelt. Sie leuchteten mit Taschenlampen in das Dickicht um uns herum. Tiefe, dunkle Geräusche waren zu hören und graue große Schatten – Elefanten – konnte man an ihren Umrissen erkennen. „Was ist hier los?", flüsterte ich ins Ohr meines Mannes. Er sagte leise: „Offensichtlich haben wir ihnen auf ihrer nächtlichen Wanderung den Weg durch unser Zeltlager versperrt." Der Ranger, Halreen, der mein ängstliches Gesicht sah, beschwichtigte mich: „Die Tiere werden sich beruhigen und weiterziehen, wenn wir uns ruhig verhalten."

Es war schon ein sonderbares Gefühl, hier mitten in der Nacht im Dschungel zu stehen, umgeben von einer Herde wilder Elefanten.

Was tun, wenn sie nicht von ihrem gewohnten Pfad abbiegen und holterdiepolter durch das Dickicht brechen und unseren Zeltplatz niedertrampeln?

Als ob mein Mann meine Gedanken erraten hätte, sagte er leise: „Keine Angst, Liz, Elefanten sind im Grunde genommen gutmütige Geschöpfe. Wir haben sie zwar etwas in Verlegenheit gebracht, aber sie werden einen anderen Weg finden."

Rukmali, die die ganze Zeit auf die grauen Schatten gestarrt hatte, wollte wieder ins schützende Zelt zurück. So verunsichert hatte ich unsere Kinderärztin noch nie erlebt. Der Dschungel war nicht ihre Welt, wie mir schien. Wir alle gingen nach einer Weile in unsere Zelte zurück, nur der Ranger blieb draußen und hielt Wache.

An Schlaf war jedoch nicht mehr zu denken. Bis zum Morgengrauen lagen Rukmali und ich auf unseren Camping-Betten, uns vorsichtig von einer Seite auf die andere drehend, damit die anderem im Zelt nicht wach würden. Die hatten übrigens einen beneidenswert guten Schlaf!

Sobald der Morgen dämmerte, ging ich ins Freie. Die Elefanten waren verschwunden. Ich gesellte mich zu den Männern, die in einem Grüppchen um den Ranger standen. Halreen berichtete uns, dass die Elefantenherde noch ungefähr eine Stunde lang um den Zeltplatz herumgestanden hätte, bevor sie weiterzog. Er hätte sich dann heute früh gleich die Elefantenfährten angeschaut, weil ihm das Verhalten der Tiere doch reichlich seltsam vorgekommen wäre. Dabei hatte er dann winzige Fußabdrücke von Elefanten-Babies gesehen und nicht weit von der Herde eine Leopardenfährte entdeckt. Das erklärte nun auch das von Unruhe gezeichnete Verhalten der Tiere. Sie hatten wahrscheinlich viel weniger Angst vor uns Menschen gehabt als vor dem Leoparden, der sich in der Nähe der Herde herumgetrieben hatte. Sicher waren sie besonders besorgt gewesen um ihre Jungen.

Diese Episode im Dschungel blieb nicht die einzig gefährliche. Sie hielt mich dennoch nicht davon ab, weiterhin im Dschungel zu zelten. Zum Glück hatte ich alle meine Safaris gut überstanden. Ich fragte mich nur, ob Rukmali nach dieser Nacht jemals wieder auf Safari gegangen war? Sie und ihr Mann waren bald danach in eine andere Stadt versetzt worden und wir hatten uns aus diesem Grunde aus den Augen verloren.

Ein Leopard ist mondsüchtig[4]

Wann immer es die Zeit zuließ und uns das Leben auf der Plantage etwas zu eintönig wurde, beschlossen mein Mann und ich, ein paar Tage im Yala Nationalpark zu verbringen.

Es war Ende Februar. Die Trockenzeit hatte in diesem Jahr früh eingesetzt. Die Reisfelder mussten schleunigst abgeerntet werden, damit die Sonne nicht den Rest der Ernte verbrannte. So erzählten es wenigstens die Bauern, die unsere Felder bewirtschafteten.

Auch im Yala Nationalpark herrschte Wassermangel. Die Tiere suchten die wenigen Wasserlöcher und Tümpel auf, die noch ihren Durst stillen und dem einen oder anderen Tier ein kühles Bad in den Abendstunden bescheren konnten. Die Wasserbüffel

---

[4] Bereits erschienen in „Von Landpomeranzen und mondsüchtigen Leoparden" ISBN 978-3-7322-8076-6

suhlten sich dicht aneinander gedrängt im Schlamm und entledigten sich so der Insekten, die sie quälten.

Bald würde der Park wegen Wasserknappheit ganz geschlossen werden, denn das wenige Wasser, das noch vorhanden war, gehörte den Tieren und nicht den Besuchern.

So fuhren wir am Freitag in aller Frühe Richtung Südosten los. Landrover und Auto waren schon abends gepackt worden. Gegen Mittag erreichten wir unser Ziel, den „Elapata Zeltplatz" hinter den Unterkünften der Parkhüter, den sogenannten *Watcherhuts.*

Die Sonne stand hoch im Zenit und brannte erbarmungslos auf uns herab, während wir die Zelte errichteten. Der Platz war ausgetrocknet und daher staubig. Wie lange es hier wohl nicht mehr geregnet hatte?

Der Koch wärmte auf einem Camping-Kocher die mitgebrachte Mahlzeit auf. Frisches, leckeres Brot gab es dazu.

Nachdem wir die Zelte errichtet und das wohlverdiente Mittagessen verzehrt hatten, legten wir eine Pause ein. Gegen 16 Uhr sollte dann Aufbruch für unsere erste Fahrt in den Dschungel sein. Sicher würden wir viele Tiere in den späten Nachmittagsstunden beobachten können, denn sie alle würden noch vor Anbruch der Dunkelheit ihren Durst an den Wasserlöchern stillen müssen.

Es war dann auch ein erfolgreicher Ausflug. Am Wasserloch von Deberagaswala hatten wir eine kleine Elefantenherde angetroffen, bestehend aus 2 Müttern mit ihren Jungen, ein paar Tanten und ein paar halbwüchsigen Jungen, dazu noch Rehe, Wild-schweine und Wasserbüffel. Am großen See bei den Buttuwa Plains wimmelte es von Krokodilen. Sie lagen im Sand, ihre Mäuler weit aufgerissen, die scharfen Zähne zur Schau stellend. Wehe dem Rehlein, das sich nichts ahnend zum Trinken in ihre Nähe verirrte!

Leoparden hatten wir heute jedoch nicht zu sehen bekommen. Bei dieser Hitze, es war sicher noch um die 30 Grad, hatten sie sich ins tiefe Unterholz verzogen. Vielleicht hing auch der eine oder andere Leopard apathisch über einem dicken Ast auf einem großen Baum. Sobald die Dunkelheit angebrochen war, würde er auf Jagd gehen, seinem Opfer auflauern, sich vorsichtig heranschleichen, bevor er es reißt und dann eventuell auf einen Baum hinauf schleppt, um es vor anderen hungrigen Aasfressern, wie den Hyänen, zu bewahren.

An diesem Abend hatten wir jedoch kein Glück mit den Leoparden. Trotzdem kehrten wir zufrieden und reichlich müde zu unseren Zelten zurück. Wir genossen ein gutes Abendessen und während wir noch im Kreise in der Mitte des Zeltplatzes saßen, ein Bierchen in der Hand, grüßte uns ein großer runder Mond aus der Ferne. „Heute ist Vollmond", sagte Lila. „Es ist so hell, wir brauchen gar keine Öllampen!" Und sie hatte recht. Auch Lilas Freundin, die zu Besuch aus England hier war, schaute verzückt in den Himmel: „Schaut nur, hier in Sri Lanka hat es ein Meer von Sternen. Bei uns in London sind sie kaum mehr sichtbar". Bald darauf zogen wir uns zurück in unsere jeweiligen Zelte. Lila und Anna verschwanden in ihrem eigenen.

Ich musste tief und fest geschlafen haben, als mich gegen Mitternacht ein seltsames Geräusch aufweckte. Vorsichtig richtete ich mich auf meinem unbequemen Zeltbett auf und lauschte in die Dunkelheit. Das Geräusch kam ganz aus der Nähe.

Mein Mann, der sonst oft leichte Schnarchgeräusche von sich gab, war es dieses Mal jedoch nicht. Außerdem wäre ich von den mir bekannten Geräuschen nicht aufgewacht. Nach vielen Ehejahren hatte ich mich daran gewöhnt. Dieses Geräusch hörte sich an, als ob eine Katze schnurrte, nur tiefer und sägender. Sachte berührte ich den Arm meines Mannes auf dem Zeltbett neben mir. „Wach auf, hörst Du das Geräusch?" Nun war auch mein Mann hellwach und lauschte angestrengt. Vorsichtig stand er auf, das Bett knarrte leise. Mit zwei Schritten war er am Zelteingang angelangt, sachte schob er die Plane etwas zur Seite. Ich stand neugierig hinter ihm und traute meinen Augen nicht. Ein Leopard saß direkt vor dem Zelt von Lila und Anna. Sein gemustertes, honigbraunes Fell glänzte im fahlen Mondlicht und er heulte quasi den Mond an.

„Ein mondsüchtiger Leopard", fuhr es mir durch den Kopf. „Was sollen wir nun tun?", flüsterte ich meinem Mann ins Ohr. „Gar nichts, nur ruhig verhalten. Bloß keinen Aufstand" sagte er kaum hörbar. Wir setzten uns vorsichtig wieder auf unsere Zeltbetten. *Hoffentlich verhalten sich Lila und Anna auch ruhig,* schoss es mir durch den Kopf. Der Leopard saß noch eine ganze Weile, aber im Zeltlager rührte sich zum Glück niemand.

Auf einmal war es still, die *große Katze* war weg. So lautlos, wie sie gekommen war, verschwand sie auch wieder.

Wir öffneten unsere Zeltplane. Wie vereinbart, kamen von allen Seiten unsere Zeltgefährten. Lila hielt Anna in den Armen, die dem Weinen nahe war. Anscheinend hatten alle im Lager dieses Schauspiel mitbekommen und sich vorbildlich verhalten. Keiner hatte die Nerven verloren, obwohl es doch eine ganz schön gefährliche Situation gewesen war.

Selbst unser Ranger, Halreen, der schon viel im Dschungel erlebt hatte, hatte noch nie einen „mondsüchtigen Leoparden" gesehen.

Noch lange war diese Geschichte ein beliebtes Thema auf weiteren Safarifahrten, abends am Lagerfeuer.

Eine Bootfahrt mit Hindernissen[5]

Wie war das doch – damals als die Kinder noch klein waren und wir die Sommerferien in der Stadt Trincomalee, Sri Lanka, verbrachten?

Die Ostküste von Sri Lanka hat wunderschöne feinsandige weiße Strände. Es sind die schönsten Strände in Sri Lanka und noch relativ unberührt. Der Nordost-Monsoon setzt dort erst Ende Oktober, Anfang November ein, sodass ich meistens mit den Kindern die Sommerferien im Juli oder August in dieser

---

[5] Bereits erschienen in „Von Landpomeranzen und mondsüchtigen Leoparden" ISBN 978-3-7322-8076-6

Region verbringen konnte. Des Öfteren mieteten wir Ferienwohnungen nördlich der Stadt, Richtung Kuchchaveli an der Nilaveli Beach, aber auch die China Bay, die östlich von Trincomalee liegt, war ein beliebter Ferienort von uns.

Im Sommer 1972 hatten wir uns für die China Bay entschieden, um dort eine Woche im Sea Anglers Club, in dem ich Mitglied war, Ferien zu machen.

Noch vor dem Frühstück liefen meine Kinder zum Landesteg und stürzten sich ins kühle Nass. Sie waren dort jedoch nicht allein. Die Kinder unserer Freunde, Nesi und Michael, Birgitte und Ananda waren auch dabei. Gemeinsam machten wir auch Fahrten mit den clubeigenen Booten in andere Buchten, die schnell vom Club aus zu erreichen waren. Diese Buchten hatten so geheimnisvolle Namen wie „Marble Bay" oder „Dead Man's Cove". Wir wussten nicht warum. Viele Vormittage und Nachmittage verbrachten wir dann dort unter alten knorrigen Bäumen, die Picknick-Taschen prall gefüllt mit Sandwiches, Keksen und Wasserflaschen.

An diesem Morgen blieben wir im Club, denn für den Nachmittag war eine Bootsfahrt in den Hafengewässern geplant. Pat, ein guter Familienfreund und zugleich mein Segelpartner, beabsichtigte, uns den Hafen und verschiedene Inseln im Hafen, darunter auch Elefant-Island, zu zeigen. 16 Uhr wurde als Abfahrtszeit festgelegt. Eine gute Zeit, denn da stand die Sonne nicht mehr so hoch.

Der Boots Boy war bereits instruiert, die „Bonita", das kleine gelbe Motorboot, auslaufbereit zu halten, sodass wir Punkt 16 Uhr losfahren könnten.

Die Zeit bis dahin verging schnell. Die Kinder spielten Federball und schwammen in der Bucht. Die Eltern ließen es sich im Schatten eines alten Brotfruchtbaumes direkt am Pier, plaudernd oder lesend, gut gehen.

16 Uhr. Es war ein herrlicher Sommertag, blauer Himmel, kein Wölkchen zu sehen. „Nehmt ein paar Angelleinen mit" rief Pat noch vor der Abfahrt den Kindern zu. „Vielleicht könnt ihr unser Abendessen fangen". Ein altes Foto von den Anglern im Club, datiert auf Januar 1960, darunter Pat als junger Mann. Einen schweren Barakuda an der Angelleine, bezeugte, dass Pat ein guter Angler war.

Es sind fünf Erwachsene und fünf Kinder im Boot. Außer Pat, mir und dem Boots Boy haben sich noch Birgitte und Renate dazugesellt. Die Tochter von Birgitte, Sarah, sowie meine Vier, das macht fünf Kinder im Boot.

Mit Fahrt voraus geht es hinaus aus der China Bay in Richtung Hafen. Einige große Frachtschiffe liegen vertäut an ihren Bojen. Kleine Motorschiffe kreuzen unseren Weg. Es wird entladen und beladen. Die Geschäftigkeit im Hafen hält an, bis abends die Sirenen den Feierabend anzeigen.

Wir fahren kreuz und quer und schließlich will uns Ananda noch die Hafeneinfahrt zeigen. Dort hat er vor ein paar Tagen eine Walmutter mit ihrem Jungen beobachtet. Ob die beiden sich in den Hafen verirrt hatten? Wenn uns das Glück hold ist, würden wir sie vielleicht auch erspähen. Das wäre ein Erlebnis für die Kinder. Als wir uns der Hafeneinfahrt nähern werden die Wellen höher. Das Boot geht rauf und runter. Die Kinder haben Spaß daran. Walfische sind aber nicht in Sicht. Wie schade! Wir machen kehrt, da es schon langsam dämmert und wir noch zu der Elefanten Insel wollen. Die Insel heißt deshalb so, weil Fischer des Öfteren Elefanten gesehen haben, die vom Festland zur Insel schwimmen. Diese ist dicht bewaldet. Vielleicht gibt es dort bestimmte Bäume oder Büsche, wie z.B. die Wood-Apple-Bäume (Limonia acidissa), die den Elefanten als Leckerbissen dienen. Wer weiß?

Wir schippern mit gedrosseltem Motor langsam an der Insel entlang. Unsere Augen versuchen das Dickicht zu durchdringen. Elefanten sehen wir jedoch nicht. Zu unserer Linken liegt eine Insel, die aber viel kleiner als Elefant-Island ist. Sie besteht aus einem Hügel, ein wenig Gestrüpp, ein paar Bäumen und vielen Felsen, die ein Anlaufen sehr schwierig gemacht hätten.

Als wir, bereits auf dem Weg nach Hause, an dieser besagten Insel entlang fahren, verabschiedet sich plötzlich unser Motor mit ein paar Seufzern und bleibt stehen. „Was ist los?", fragen die Kinder. Pat, der von Beruf Ingenieur ist und Ananda, der Boots Boy beugen sich besorgt über den Außenbordmotor. „Benzin ist genug vorhanden" sagt Ananda. „Vielleicht ist es auch nur eine Benzinblockade. Es könnte auch am Ventil liegen", erwidert Pat. „Es könnte aber auch der Stift sein, den habe ich doch erst vor ein paar Tagen erneuert" sagt Ananda. Beide Männer sehen sich den Motor genauer an, aber alles Rätseln hilft nichts. Der Motor kommt nicht zum Laufen. Wir sitzen fest. Wir Frauen packen die restlichen Sandwiches aus, während wir am Island entlang dümpeln. Die Kinder haben Hunger, es geht auf die Abendessenszeit zu. Spätestens in einer Viertelstunde wird es ganz dunkel sein. In den Tropen wird es um 18 Uhr Nacht. Das ist auch der Grund weshalb alle Boote des Clubs zu dieser Zeit zurück sein müssen.

Nachdem wir unsere letzten Sandwiches gegessen und die Wasserflaschen leer getrunken haben, werden wir unruhig. Pat und Ananda haben vergeblich versucht, den Motor in Gang zu bringen. Sie haben alles überprüft, das Ventil, den Stift, den Propeller und was sie die Erfahrung im Umgang mit Motoren gelehrt hat.

Dies bedeutet für uns, dass wir in der hereinbrechenden Dunkelheit auf dem Wasser ausharren müssen, bis Hilfe kommt.

In der Hoffnung jedoch, dass der Club-Manager das größere Motorboot aussendet, wenn wir bei Dunkelheit nicht zurückgekehrt sind, lassen wir vor den Kindern keine Unsicherheit aufkommen. Nur Birgitte und ich sehen uns vielsagend an, denn wir haben bemerkt, dass der Wind sich gedreht hat, die Wellen stärker geworden sind und wir langsam aber sicher auf die Felsen der kleinen Insel links von uns zu driften. Auch befinden wir uns inzwischen in einem Bereich des Hafens, der nicht sehr frequentiert wird, denn die China Bay liegt an seinem Rande. In der Ferne leuchten bereits die Lichter an den Molen. Der erste Stern steht hell am Firmament. Bald werden ihm seine Brüder und Schwestern Gesellschaft leisten. Es ist so still um uns herum. Nur das leichte Säuseln des Windes und das Geräusch der Wellen, die sich an den Felsen brechen, sind zu hören. Ich frage Ananda, ob er denn eine Taschenlampe bei sich habe, damit wir auf uns aufmerksam machen können. „Nein" erwidert er. „Es ist mir noch nie passiert, dass ich in der Dunkelheit mit dem Boot hier draußen festsaß." Renate meint: „Ich verstehe gar nicht, warum die Clubleute noch nicht bemerkt haben, dass das Boot noch nicht zurück ist. Spätestens um 18 Uhr, wenn alle Kinder zum Essen gehen, muss doch die Hausmutter bemerken, dass Kinder fehlen!" Wir schauen alle betroffen in die Runde; sie hat in Worte gefasst, was wir alle denken.

Und nun? Wie lange sollen wir hier noch ausharren? Pat versucht die ungute Situation zu überspielen: „Kinder, jetzt erzähl ich euch eine Geschichte. Wisst ihr, dass die Karpfen laufen können?" Helles Gelächter der Kinder ertönt.

Da, plötzlich höre ich ein leises Geräusch. „Seid mal alle still, hört ihr auch was?", frage ich. Nun hören es die andern auch. Ein leises Motorengeräusch ist zu vernehmen. Wir alle spitzen die Ohren und drehen die Köpfe in Richtung Hafeneinfahrt. Ein Boot muss in unserer Nähe sein, aber in der Dunkelheit ist es kaum auszumachen. Wie können wir ihm bloß ein Zeichen geben? Stimmen und Schreie gehen im Rauschen des Windes unter! Da hat Birgitte eine Idee: „Renate, du rauchst doch! Hast du zufällig dein Feuerzeug dabei?" „Ja", sagt Renate. „Das ist die Lösung". Sie kramt erfolgreich in ihrer Tasche. Schnell lässt sie das Feuerzeug aufflackern, wieder und immer wieder wie Morsezeichen. Sie hält es in Richtung des in der Nähe vorbeiziehenden Bootes. Dieses hat endlich das Licht entdeckt, macht kehrt und taucht aus dem Dunkel neben uns auf. Gerettet, fährt es uns allen durch den Kopf!

Ananda erklärt kurz auf Singhalesisch, der Landessprache, was passiert ist. Die Fischerleute, hilfsbereit wie sie sind, nehmen uns ins Schlepptau. Langsam geht es zurück zum Club.

Niemand hatte uns vermisst! Dem Manager und der Hausmutter war es peinlich, als wir, die Kinder voraus, im Gänsemarsch im Club eintrafen. Natürlich gab es noch ein Nachspiel. Pat musste seinem Ärger Luft machen. Betreten schauten Manager und Hausmutter drein.

Wir Frauen aber und die Kinder dankten den Fischerleuten herzlich und waren heilfroh, dass unser Abenteuer noch ein gutes Ende gefunden hatte.

Eines habe ich dabei gelernt: Nie ohne Paddel, Taschenlampe und extra Wasserflasche ins Boot!

Die Pinkelecke[6]

Auf unserem Wag zurück von Trincomalee nach Colombo fuhren wir auf der Strecke Dambulla - Kurunegala durch ein uns gut bekanntes Waldstück.

---

[6] Bereits erschienen in „Von Landpomeranzen und mondsüchtigen Leoparden" ISBN 978-3-7322-8076-6

Hier war es immer dämmrig, auch am helllichten Tag. Die Bäume waren hoch und das Unterholz dicht, so dass wenig Sonne auf den feuchten Humusboden drang.

Ich wandte mich an meine Freundin Birgitte, die am Steuer saß und sagte: „Birgitte, das ist unser früherer Picknick-Ort. Sie lachte laut und meinte: „Pinkelecke"! Da musste auch ich lachen, denn so war es gewesen, vor vielen, vielen Jahren.

Als die Kinder noch schulpflichtig waren und wir des Öfteren Ferien an der Ostküste in Trincomalee machten, hielten wir in dieser Gegend immer an. Meistens waren wir früh morgens um fünf Uhr losgefahren, so dass unsere Kinder dann auf halber Strecke hungrig und durstig geworden waren. Sie wollten nicht nur die mitgebrachten Sandwiches und einen heißen Tee trinken, sondern auch dringend mal „aufs Klo". Nur gab es hier an diesem stillen und friedlichen Ort weit und breit kein „Klo".

Als wir wieder einmal auf unserer Fahrt Halt machten, stürzten Armin, mein Jüngster, sowie Birgittes Sohn, Jan, sofort aus dem Auto. „Wir müssen mal", riefen sie und verschwanden gleich im Dickicht.

Ich glaube, es waren keine zwei Minuten vergangen, bevor sie beide, die Shorts noch halb herunter gelassen, sie mühsam mit den Händen haltend, angerannt kamen. Ganz außer Atem japsten sie: „Ein Elefant! Dort drinnen ist ein Elefant!" Birgitte und ich lachten laut. Die Situation war so komisch! Armin und Jan schauten uns jedoch ganz böse an. „Da gibt es nichts zu lachen. Wir hätten dem Elefanten fast ans Bein gepinkelt".

Der erste Besuch oder Unterschiede in der Mentalität

„Hallo Liz, Wie geht es Dir?"

„Danke gut, Edith, ich kam auf ein Schwätzchen vorbei. Hast Du ein wenig Zeit?"

„Ja, selbstverständlich. Ich freue mich, Dich zu sehen. Die unverhofften Besuche sind immer die schönsten. Möchtest Du Tee oder Kaffee?"

„Danke, gerne, Tee."

„Ach, da fällt mir eine Geschichte ein, wo wir gerade beim Tee sind! Du kennst ja Asien."

„Ja, seit fast 30 Jahren!"

„Nun, da habe ich am Anfang so einige Fehler gemacht."

„Nicht nur Du, ich auch Edith. Ich musste auch erst die Mentalität der Leute verstehen lernen. Das geht nicht von heute auf morgen. Und weißt Du, was ich noch gelernt habe: viel Geduld. Und das war gut so. Ein Fortbildungslehrgang fürs ganze Leben!
Aber nun schieß los, was wolltest Du mir denn erzählen?"

„Ja, wie Du wohl weißt, habe ich meinen Mann, Eddy, in Deutschland kennen gelernt, noch während unseres Studiums. Als wir uns darüber im Klaren waren, dass wir zusammen bleiben wollten, gingen wir nach Abschluss des Studiums nach Sri Lanka. Nun ja, zuerst mieteten wir eine kleine Wohnung und saßen auf Bananenkisten. Seine Familie sah diese *wilde Ehe* gar nicht gerne. Eddy kam aus einer angesehenen Familie in Sri Lanka. Aber das weißt Du ja. Nach einiger Zeit bekam ich einen Job hier im Deutschen Kulturinstitut. Eddy stieg aus dem Familienbetrieb aus und machte sich selbständig. Wir heirateten. Die Hochzeit feierten wir nur mit Freunden. Die Familie und der Clan blieben distanziert.

Eines Tages erhielten wir zu unserer großen Überraschung einen Anruf von meiner Schwiegermutter. Sie teilte uns mit, dass sie uns gerne besuchen würde. Da kam Freude auf! Wir vereinbarten Tag und Stunde, 16:30 Uhr nachmittags sollte es sein, also englische „Tea-Time".

Ich räumte die Wohnung auf, kaufte Blümchen, buk einen Kuchen und war gespannt auf den Familienbesuch.

Es war Freitagnachmittag. Gegen 17:00 Uhr klingelte es. In Sri Lanka nimmt man es nicht so genau mit der Pünktlichkeit!"

„Wem sagst Du das!"

„Vor der Tür standen Schwiegereltern mit ältester Tochter und dem kleinen 12-jährigen Bruder. Ich bat sie herein und bot ihnen unsere neu gekauften Sessel aus Rattan – also keine Bananenkisten – an.

Wir unterhielten uns über die Familie und den Job.

Mein lieber Mann war leider nicht anwesend, da er ausgerechnet an diesem Nachmittag ein Meeting hatte, das er völlig vergessen hatte, als er den Termin mit der Mutter ausmachte.

Ich gab mir also Mühe, den Besuch auch alleine erfolgreich zu bewältigen. Höflich fragte ich die Mutter, ob sie denn Tee oder Kaffee möchte, ein Stück Kuchen vielleicht dazu?

Die Mutter lehnte dankend ab, der Vater ebenso.

Die Schwester mit einem verlegenen Lächeln auf den Lippen antwortete: nicht wirklich. *Was das nun wieder heißen soll,* dachte ich.

Der kleine Bruder, etwas schüchtern zwar, bestellte immerhin eine Limonade.

Also ging ich in die Küche und brachte ihm die Limonade, die er auch gleich gierig trank.

In Gedanken sah ich mein Teegeschirr vor mir und den schönen Kuchen, der in der Küche stand und den nun niemand haben wollte.

Auch gut, dachte ich.

Dann machten wir noch ein wenig „Small Talk" und nach etwa einer Stunde verabschiedeten sich die Eltern, da sie abends, wie sie sagten, noch etwas vorhatten. So wünschte ich Ihnen noch einen guten Abend, bedankte mich für den Besuch und wartete bis sie in ihren großen Mercedes eingestiegen und mit dem Fahrer, der vor der Tür gewartet hatte, weggefahren waren.

Erleichtert holte ich tief Luft und setzte mich in die Küche, um schließlich selbst zwei Stück meines selbst gebackenen und verschmähten Kuchens zu essen.

Für mich war der Besuch abgehakt."

„Aber was glaubst Du wohl, was jetzt passiert ist?"

„Ich habe eine leise Ahnung, wie es weitergeht!"

„Nach etwa drei Tagen – es war gerade Abendessenszeit – kam Eddy verärgert aus dem Büro nach Hause. Ich fragte ihn, ob er denn Ärger mit den Angestellten gehabt hätte. Ärger, mit den Angestellten? Nein, mit der Familie erwiderte er.

Ich war heute bei meinen Eltern. Musste etwas Familiäres mit ihnen besprechen. Die sagten mir, dass Du ihnen bei ihrem Besuch nicht einmal ein Glas Wasser gegeben hättest!"

„Ich schluckte mehrmals! Hör mir mal gut zu, sagte ich schließlich; deine Eltern wollten weder Tee noch Kaffee und meinen Kuchen erst recht nicht. Sie haben dankend abgelehnt."

„Du meine Güte, weißt Du denn immer noch nicht, dass man sich hier erst mal ziert. Du hättest immer wieder nachhaken müssen. Nach einer Weile hätten sie schon ja gesagt!"

„Und woher hätte **ich** das wissen sollen, mein Lieber? Kannst Du mir das vielleicht verraten? In Deutschland sagt man entweder ja oder nein. Nun, sie sagten eben nein!"

„Ja, liebe Liz, das ist Asien!"

Die Geschichte von „Mr. Nikang Innava", eine wahre Begebenheit.

Pelmadulla ist ein Dorf am Fuße der Berge in Sri Lanka. Es ist hübsch gelegen, umgeben von saftig grünen Reisfeldern. Die Hauptstraße ist mit kleinen Häusern, vor denen Bougainvilleas wachsen, kleinen Obst- und Gemüseläden –noch richtige Tante Emma Lädchen – gesäumt. Es gibt auch schon einen sogenannten Supermarkt, wo man gebackene Bohnen in Dosen und gefrorene Hühnchen kaufen kann. Allerdings kein Vergleich zu europäischen Supermärkten! Wenn man hier einmal durchgegangen ist, hat man in 15 Minuten das ganze Angebot gesehen! Nun gut, für so ein kleines Dorf wohl eine große Errungenschaft.

Dann gibt es zwangsläufig noch eine Polizeistation, ein größeres Haus, das dem Dorf-Ältesten, gleichbedeutend mit Bürgermeister, gehört. Letzterer verdient sein Geld hauptsächlich mit Edelsteinen. Und dann ist da noch ein altes Herrenanwesen, das etwas versteckt hinter Reisfeldern in einem großen Garten mit alten Brotfrüchten- und Ericanussbäumen, sowie Kokusnusspalmen und weißen und zartrosa Frangipanibäumen liegt. Eine Idylle für sich!

Pelmadulla ist ein verschlafenes Dorf; meistens passiert nicht viel. Leben kommt erst ins Dorf, wenn es eine große Edelstein-Auktion gibt oder ein Politiker eine Rede hält mit vielen schönen Wahlversprechen!

Aber heute ist Poya-Tag d.h. Vollmond-Tag, ein buddhistischer Feiertag! Es darf kein Alkohol verkauft werden. Man geht in den Tempel, bringt seine Gaben wie Blumen und Kokosnüsse dar und meditiert, so wie es sich für einen guten Buddhisten gehört.

Es ist noch früher Morgen, daher noch nicht heiß. Ein kühler Wind weht von den Bergen her.

Ein alter Mann in abgetragenem weißen Hemd und Sarong (die landesübliche Tracht der Männer) sitzt auf einem kleinen Mäuerchen vor seiner Hütte. Die Frauen und Kinder, weiß gekleidet, mit Lotusblüten in den Händen, ziehen an ihm vorüber, die Hauptstraße entlang zum Tempel, der am Ausgang des Dorfes liegt.

Auch zwei Polizisten machen Patrouille. Gemächlich schlendern sie dahin. Heute passiert sowieso nichts – ist ja Poya – denken sie. Als sie den alten Mann vor seiner mit Kokosnussblättern bedeckten Hütte sitzen sehen, bleiben sie stehen und fragen: „Was machst du so?" Er antwortet gelassen: „Nikang innava", was auf Deutsch so viel heißt wie „eigentlich nichts, ich bin einfach hier". „Hm", meint der eine Polizist und beide gehen ihres Weges.

Etwa nach einer Stunde kehren die Polizisten zurück. Ob sie wohl auch im Tempel gewesen waren? Wieder bleiben sie bei dem alten Mann, der immer noch vor seiner Hütte hockt, stehen. „Was machst du eigentlich immer noch da?" fragen die Polizisten. Er antwortete wieder: „Nikang innava". „Hm", sagt der andere Polizist und beide gehen wieder ihres Weges in Richtung Polizeistation.

Wieder vergeht eine Stunde –vielleicht auch zwei. Inzwischen ist es Mittag geworden. Die Sonne steht hoch am Horizont. Es ist heiß. Das Dörfchen Pelmadulla ist in seine Mittagsruhe verfallen. Die

Männer machen ihr Nickerchen. Die Frauen kümmern sich um ihre Kinder, die vor den Häusern spielen. Auf der Hauptstraße fährt nur selten ein Auto vorbei. Sie liegt in der gleißenden Mittagssonne einsam und verlassen da. Auch die Läden haben ihre Rollladen herunter gelassen. Mit einem Wort: Es herrscht Totenstille.

Da kommt ganz plötzlich Leben ins Dorf.

Zwei Polizeiautos rasen die Hauptstraße entlang. Der erste Polizei-Jeep hält abrupt vor der Hütte unseres alten Mannes, der noch immer schweigend dasitzt. Die beiden Polizisten von heute morgen diskutieren kurz miteinander und springen dann aus ihrem Jeep, stellen sich vor den alten Mann und fragen ihn scharf: „Du Alter, du hast doch den ganzen Tag nur hier gesessen, hast du zufällig irgendetwas Ungewöhnliches gesehen? Im Haus des Bürgermeisters, der hier ganz in der Nähe wohnt, ist eine Holzschatulle gestohlen worden. Sie soll viel Geld und Schmuck beinhalten!" Die beiden Polizisten sehen sich vielsagend an, während sie auf die Antwort warten und denken: *Na der Alte ist ja wohl ein bisschen verrückt, er hat bestimmt nichts beobachtet!*

Dann kommt die knappe Antwort: „Um die Mittagszeit habe ich zwei Männer aus der gegenüberliegenden Straße kommen sehen, der eine so um die 25, groß und kräftig, dunkle Haut, schwarze glatte Haare, brauner Sarong und kariertes Hemd, der andere, fast noch ein Junge, schmächtig, helle Haut, dunkler Wuschelkopf, hellgrüner Sarong und weißes Hemd. Sie trugen zusammen eine Holzkiste und verschwanden in Richtung Reisfelder, wo die Edelsteinminen sind."

„Hm", sagt wieder der eine Polizist, schaut seinen Kollegen vielsagend an, springt in den Jeep und macht kehrt in Richtung Polizeistation.

Nach einer Stunde waren die beiden Diebe gefasst und die Holzschatulle des Bürgermeisters, die in einer der Edelsteinminen versteckt war, wiedergefunden.

Der Fall war geklärt mit Hilfe von „Mr. Nikang Innava!"

Die Wolkenmädchen in Sigiriya

Es war das Jahr 1962.
Erst vor ein paar Monaten war ich nach S.L. gekommen. Nachdem mein Mann in England sein Jurastudium beendet hatte, verließen wir mit unseren zwei Kindern und unserer ganzen Habe unser Heim in England und kamen mit dem Schiff, besser gesagt einem Fracht-/Passagierschiff, nach Sri Lanka.

Mein Mann wollte mir gleich möglichst viel von seiner Heimat zeigen, und so fuhren wir fast jedes Wochenende von einer Sehenswürdigkeit zur anderen.

Sehr berühmt in Sri Lanka ist die Zitadelle von Sigiriya. Ein massiver Monolith erhebt sich aus dem grünen Dschungel in den strahlend blauen Himmel nördlich der alten Königsstadt Polonnaruwa. Um wie viel überwältigender muss die Festung Sigiriya vor 1500 Jahren ausgesehen haben, als auf dem Felsen noch der Palast des Königs Kasyapa stand. Auf dem Gipfel verstreut liegen noch Überreste des von Sagen umwobenen Palastes. „Lion Rock"(Löwenfelsen) nennen die Einheimischen diesen Felsen. Der Name stammt von einer riesigen Löwenskulptur, die aus dem Fels gehauen war. Auf halber Höhe lagen die Pranken des Tieres. Weiter oben öffnete sich der Schlund des Löwen und ermöglichte Einlass zum Palast. Den Aufstieg zum Felsen und die herrliche Aussicht als Belohnung wollten wir uns nicht entgehen lassen. Aber zuvor wollten wir noch den barbusigen Mädchen von der Freskenwand, die sich an der Westseite des Felsens in einer Grotte befand, „Guten Tag" sagen. Der Zugang zu der Felsengrotte führte uns vorbei an der „Spiegelmauer", in die vor mehr als 1000 Jahren Prosatexte und Gedichte eingeritzt wurden. Sie liefern eindeutige Beweise der Geschichte über Sigirya. Die Mauer ist mit poliertem Kalk überzogen und hat nach über 1500 Jahren nicht ihren Glanz verloren. Daher der Name Spiegelmauer.

Ein blauer Himmel mit vereinzelten weißen Wölkchen lachte uns schon am frühen Morgen an. Die Sonne hatte jedoch noch nicht ihre volle Kraft erreicht und daher fiel uns auch der Aufstieg über die vielen Treppen zu den „Wolkenmädchen" nicht schwer. Mein Mann ging mit dem Schwager voraus. Die Nanni mit den Kindern an der Hand, trottete hinterher und ich bildete die Nachhut. Eine Gruppe älterer Ceylonesinnen folgte mir. Die Frauen waren traditionell in farbenfrohen Saris gekleidet. Wahrscheinlich machten auch sie einen Tagesausflug, um Sigirya zu besichtigen.

Auf halbem Wege, als ich gedankenverloren vor mich hin trabte, erfasste mich ein Windstoß. Er kam so unerwartet, dass es mir nicht mehr möglich war, meinen Rock zusammen zu raffen. In Sekundenschnelle stand ich da wie die Skulptur von Marilyn Monroe in Chicago auf dem Platz vor dem Tribune Tower mit Röckchen hoch bis fast über dem Kopf! Bevor ich mich versah, war ich umringt von einigen der Ceylonesinnen, die hinter mir liefen und in Windeseile hielten sie mir den Rock nach unten. Ihre schnelle Reaktion rettete mich vor den Blicken der uns in einigem Abstand gefolgten jungen Männer.

Nachdem ich meinen Schrecken überwunden hatte, kam der nächste Überraschungseffekt: Eine der älteren Frauen rief laut lachend: „Was regt ihr euch eigentlich alle so auf? Sie hat doch Höschen an!".

Auf Moskitojagd

Frisch geduscht und bettfein krabble ich unter mein Moskitonetz.

Über mir ein rechteckiges Gestänge mit einem Netz so duftig wie Tüll, welches an der Decke mit Haken und Schnur befestigt ist. Meine Augen schweifen über die vier Seiten des Netzes, gucken kritisch in alle vier Ecken – kein Moskito in Sicht!

Ich nehme meine Nachtlektüre, „Der Mann, der kein Mörder war", zur Hand und lehne mich gemütlich – ein Kissen in den Rücken geschoben – an die Bettlehne. Der Roman ist spannend.

Ein anstrengender Tag ging zu Ende, der mit etlichen Bahnen im Becken des Colombo Swimming Clubs begann. Nach dem Mittagessen folgte eine Shopping Expedition mit meiner Schwiegertochter und abends ein Familienessen bei meinem ältesten Sohn, dessen Tochter am nächsten Tag zurück nach England fliegen sollte. Ein kleiner Gin-Tonic und eine Nachtlektüre sollten für mich der Abschluss eines erlebnisreichen Tages sein. Kein Wunder, dass ich nach all diesen Aktivitäten reichlich müde war. Da konnte mich selbst der spannendste Krimi auf Dauer nicht wach halten. So merkte ich schon nach ein paar Seiten, wie mir die Augenlider schwer wurden. Den Absatz, in dem Hauptkommissarin Hanser gerade einen Zeugen vernimmt, hatte ich nun schon dreimal gelesen. Spätestens jetzt wusste ich, dass ich mein Buch zur Seite legen musste. Schnell knipste ich die Leselampe aus, schob mir das Kopfkissen zurecht, in wenigen Minuten war ich eingeschlafen.

Ich weiß nicht mehr, wie lange ich geschlafen hatte, als ein kleines sirrendes Geräusch mich aus meinen Träumen zurück holte. SSSSSSSSSRRRRRRRRR machte es an meinem Ohr. Automatisch wedelte meine Hand in Richtung Ohr. Nach einer kurzen Pause, wieder dieses Geräusch. Nun war ich auch schon hellwach und saß senkrecht im Bett. *Ein Moskito* fuhr es mir blitzschnell durch den Kopf. Dieses mir vertraute Geräusch konnte nur von einer Stechmücke kommen. *Was hatte das Insekt nur in meinem Bett zu suchen? Wo hatte sich dieses blutsaugende Biest bloß versteckt gehalten? Ich hatte das Moskitonetz doch eingehend abgesucht, bevor ich mich schlafen legte.* Ich machte das Licht an. Erneut ließ ich meine Augen in alle Ecken des Netzes schweifen. Nichts konnte ich entdecken! *Was tun?* Ich musste mich auf die Lauer legen. Nach vielen Jahren in den Tropen war mir bewusst, wie gefährlich diese Blutsauger sein können. Sie übertragen Krankheiten wie Elephantiasis und Denguefieber. Ich wusste, was zu tun war. Moskitojagd war angesagt! Also, Licht wieder aus! Nicht bewegen! Ruhig weiter atmen! Warten, bis der Moskito den nächsten Anlauf auf sein Opfer – in diesem Falle mich – nimmt. Kaum hatte ich das Licht wieder ausgeschaltet, summte es erneut an meinem Ohr. Geduldig wartete ich, bis das Geräusch verstummte. Kaum fühlbar setzte sich das kleine Biest auf meine Wange. *Nur Geduld haben, Liz,* sagte ich mir immer wieder. *Lass es erst mal richtig Blut saugen! Sich ganz sicher sein, dass sein Opfer ahnungslos schläft.* Ich wartete also ein paar Sekunden. Dann schoss mein Arm hoch, ich gab mir selbst eine Ohrfeige! Als ich daraufhin das Nachttischlämpchen wieder anknipste, war meine Handfläche blutverschmiert. Ich hatte gegen alle buddhistischen Regeln verstoßen und getötet und das mit Vergnügen.

Nicht einmal Reue habe ich verspürt!

Eine Oase des Friedens mitten in Colombo

Sonntag, 7 Uhr früh. Es ist noch kühl so früh am Morgen. Die Sonnenstrahlen suchen ihren Weg durch die Palmenblätter. Eine Symphonie von Licht und Schatten.

Streifenhörnchen im Mangobaum rechts neben meinem Balkon springen von Ast zu Ast, laufen auf der Mauer, die den Garten des Nachbarn von uns trennt, springen auf den Kokosnussbaum und benutzen die Palmenblätter als Brücke, um in das Nachbargrundstück zu gelangen. Sie sind so possierlich. Ich könnte ihnen stundenlang zuschauen. Die "Babblers" oder "seven Sisters" wie sie im Volksmund heißen, fliegen vorbei. Eine aus dem Schwarm landet sogar auf meiner Balkonbalustrade. Sie blickt mich zutraulich an und fliegt dann ihren Schwestern nach. Ob sie mir etwas sagen wollte? Die Krähen krächzen und schreien sich Nachrichten zu. Zwei "Mynor Birds", schwarzes Gefieder mit nur einem gelben Ring um das Auge, machen sich an den feuerroten Beeren des nahen "Betel Nut-Baumes" (Arecacatechu) zu schaffen. Wenn die Beeren ganz reif sind, werden sich auch "Barbets" und "Babblers" sehen lassen. Ich erspähe einen Falken, der hoch oben am Horizont lautlos seine Kreise zieht. Wie ein Blitz wird er auf seine Beute herabstoßen sobald er sie erspäht hat und vielleicht ein Mäuschen in seinen Krallen davon tragen.

Nur natürliche Geräusche höre ich in dieser Stille. Die Menschen schlafen noch, aber die Tier- und Vogelwelt hat längst ihren Tag begonnen.

Meinen heißen Tee schlürfe ich schlückchenweise so für mich hin. Dies ist für mich die schönste Zeit des Tages. Der Südwest-Wind weht wie ein Hauch durch die Palmblätter und streichelt sanft meine Arme, mein Gesicht, wie eine Mutter ihr Kind. Ich genieße diese Zärtlichkeit. Wann hat mich jemand das letzte Mal so gestreichelt? Schon viele Jahre ist meine Mutter tot.

Ich komme ins Nachdenken. Zwar bin ich in der Stadt aufgewachsen, aber meine Schulferien habe ich immer auf dem Lande verbracht. Vielleicht habe ich gerade deshalb eine ganz besondere Beziehung zu Tieren und zu der Natur allgemein.

In einer Stunde wird es schon deutlich wärmer sein. In den Häusern ringsherum wird Leben erwachen. Teller und Tassen werden klappern. Mein Einssein mit der Natur wird gestört sein durch mechanische und alltägliche Geräusche. Ein Auto wird auf der Straße hupen. Der Straßenkehrer wird seine Karre mit den eisenbeschlagenen Rädern entlang ziehen.

Ich verlasse meine Oase des Friedens, dusche mich, ziehe mich an und begebe mich auf den Weg in den Colombo Swimming Club, wo ich den Vormittag am Meer genießen kann.

Aber schon jetzt freue ich mich auf den nächsten Morgen, auf meine Begegnungen mit meinen Freunden, den Streifenhörnchen, den "Seven sisters" und all den anderen Vögeln, den Bäumen und Blüten, die mir im Wind, der durch die Palmen säuselt, zunicken.

Habarana Handiya – Kreuzung Habarana

Auf einer unserer Fahrten zurück von Trincomalee hatten mein Sohn Armin und ich ein Erlebnis, das uns noch lange in Erinnerung bleiben sollte.
Wir beide befanden uns auf dem Heimweg nach Colombo, jedoch ohne Birgitte und deren Familie, die noch ein paar weitere Tage im Sea Anglers Club Ferien machen wollten.

Kurz vor der Habarana Kreuzung fragte mich mein Sohn, ob er denn nicht einmal fahren dürfte. Die gerade und relativ gut ausgebaute Straße zwischen den Dörfern Habarana und Dambulla war ideal für Anfänger. Einen Führerschein hatte Armin noch nicht.

Ich sagte zu ihm: „Armin, lass uns erst noch durch das Dorf fahren. Hinter Habarana darfst du dann das Steuer übernehmen". Mit verringerter Geschwindigkeit fuhr ich ins Dorf und kam an die große Kreuzung, rechts das alte Rasthaus aus englischer Kolonialzeit, links eine moderne Tankstelle. Auch hier schien die Zeit nicht stehen geblieben zu sein!

Es war früher Sonntagnachmittag; die Dorfstraße leergefegt. Alle Leute machten Siesta, so schien es mir wenigstens.

Da, auf einmal rennt ein Mann, den Sarong hoch geschürzt, mit einem Tablett in der Hand, direkt vor mein Auto. Ich mache eine Vollbremsung. Ich sehe, wie sein Tablett und die darauf liegenden Süßigkeiten in alle Himmelsrichtungen davon fliegen. *Ich muss ihn gestreift haben,* fährt es mir durch den Kopf. Er rappelt sich auf und läuft geradewegs auf die Tankstelle zu. Er schreit irgendetwas, was ich nicht verstehe. Im

Nu ist mein Auto umringt von einer Schar von Dörflern.

Wo kommen die denn plötzlich her? Es war doch eben noch kein Mensch auf der Straße! Mir ist sofort bewusst in welch unangenehmer Situation ich mich befinde. Unangenehm ist geradezu gelinde ausgedrückt. Meine Lage ist sogar gefährlich. Wer die Verhältnisse in Sri Lanka kennt, weiß, dass eine weiße Frau in solch einer Situation sehr hilflos ist.

Als Weiße gehört man zur Oberklasse, das heißt, dass man automatisch als „reich" und „anmaßend" eingestuft wird. Es hat schon Fälle gegeben, wo in einer solchen Situation Leute angegriffen und geschlagen wurden. Mein Herz beginnt zu klopfen, mir ist bange. Da erinnere ich mich an die Worte meines ersten Mannes: *Angriff ist die beste Verteidigung!* Nun muss ich schnell überlegen, wie ich der Situation Herr werden kann. *Am besten eine Show abziehen!*

Ich reiße die Autotür auf, steige wutentbrannt aus, schlage die Autotür ärgerlich zu, so dass das Auto wackelte.

„Was soll das denn hier?", frage ich ungehalten in die Runde. Mit dem herannahenden Polizisten suche ich sofort Augenkontakt und als er vor mir steht, spreche ich ihn höflich an: „Herr Offizier, Sie haben doch sicherlich alles gesehen, nicht wahr? Das ist ja ein unverantwortliches Ding! Da komme ich ganz langsam in die Kreuzung gefahren und dieser Mann, der weder nach rechts noch links geguckt hat, läuft mir geradewegs ins Auto. Ist die Straße nun für Autos da oder für Fußgänger?"

Er nickt mit dem Kopf: „Natürlich haben Sie recht!" Er wirft sich in die Brust, fühlt sich geehrt, da ich ihn in den Offiziersrang erhoben habe, obwohl er nur ein einfacher Dorfpolizist ist. Den jungen Mann, jetzt ohne Tablett, schaut er scharf an. „Was fiel dir denn ein, so unbedacht über die Straße zu rennen, fast hättest du einen Unfall verursacht, eine Frau und ein Kind– er erspähte Armin auf dem Beifahrersitz – in Gefahr gebracht."

Ich greife schnell in das Gespräch ein, will das Verhör zu Ende bringen. „Na ja, Herr Offizier, ist ja noch mal gut gegangen". An den jungen Mann gewandt, der ganz verschüchtert da steht, sage ich: „Außer ein paar Süßigkeiten, die man nun nicht mehr essen kann, ist ja nichts geschehen, nicht wahr? Und die kann man ersetzen". Eingeschüchtert erwidert Letzterer: „Tut mir ja alles leid, aber auch wegen meiner *Thallagulli*[7], die ich verkaufen wollte". Ich ziehe einen Hundert-Rupienschein aus meiner Handtasche und gebe ihn ihm. „Da, nimm, ich helf dir gerne. Ist eben alles dumm gelaufen. Das nächste Mal passt Du besser auf, wenn du über die Straße gehst. Jetzt vergessen wir die ganze Angelegenheit". Der sogenannte Offizier nickt zustimmend. „Also Leute", sagt er in die Runde der Dörfler blickend, „geht wieder nach Hause. Da gibt es jetzt nichts mehr zu sehen". Ich verabschiede mich von dem netten Polizisten, wünsche ihm einen guten Tag und steige in mein Auto.

---

[7] Thallagulli – Süßigkeiten aus Sesam und Honig

Schnell fahre ich über die Kreuzung, Richtung Dambulla.

Am Ortsausgang halte ich bei einer kleinen Kokosnuss-Plantage an. Mein Herz klopft noch immer vor Aufregung. Dass sich mein Sohn und ich in einer großen Gefahr befunden haben, wurde mir erst jetzt in seinem ganzen Ausmaß klar. *Ein Glück, dass der Polizist da war,* fährt es mir durch den Kopf.

Meine Fassade der starken Frau fängt plötzlich zu bröckeln an und so sitze ich einfach da, den Kopf auf das Steuerrad gelegt, und lasse den Tränen ihren Lauf.

Armin hat still und geduckt, wie eine Maus neben mir gesessen. Jetzt streckt er seine Hand nach mir aus. „Mutti, wein doch nicht, ist doch alles gut gegangen" sagt er ein ums andere Mal. Langsam komme ich wieder zur Ruhe. Der Schreck, der Schock, die Angespanntheit lassen nach. Ich wende mich an Armin und frage ihn: „Willst du nun immer noch fahren?" Ein kleines ungläubiges Lächeln läuft über sein Gesicht. „Mutti, lass mal, ich fahre lieber ein anderes Mal".

Anmerkung: Thallagulli – Süßigkeiten aus Sesam und Honig

High Society!

Jeder weiß, dass man nicht alle Menschen über einen Kamm scheren kann. Aber manchmal komme ich nicht umhin zu glauben, dass die „oberen Zehntausend" in jedem Land, unabhängig von der Gesellschaftsform sich ähneln.

Als ich eine junge Frau, frisch verheiratet, gerade niedergelassen in Colombo, Sri Lanka, war, glaubte ich, unerfahren wie ich war, dass ich nun durch die Heirat mit meinem ceylonesischen Mann automatisch in der sogenannten „High Society" zu der er gehörte, aufgenommen wäre. Weit gefehlt.

Bei der Beerdigung der Mutter meines Mannes, die nur wenige Monate nach unserer Hochzeit stattfand, musste ich erfahren, wie mich einige der anderen anwesenden Frauen sehr herablassend behandelten. Eine von ihnen gab mir zu verstehen, dass ich hier nicht willkommen wäre. Ich hörte, wie eine junge Dame sagte: „Ich verstehe nicht, warum Lionel sich ausgerechnet eine Weiße aussuchen musste. Bei uns gibt es doch genug hübsche Mädchen und vermögend noch dazu." Im ersten Moment saß ich wie versteinert da und dann realisierte ich, dass dieser Kommentar mir galt, denn sie hatte keineswegs leise gesprochen. Ich sollte es hören, ob ich wollte oder nicht.

Ich blickte schnell in die Runde und entschied, mir nichts anmerken zu lassen, und lächelte weiterhin meine Nachbarinnen an, als ob ich von nichts etwas wüsste.

Als die Beerdigung vorbei war, lud ich nach ein paar Tagen besagte Dame, noch dazu eine Verwandte meines Mannes, zum Fünf-Uhr Tee ein, so wie es zu Zeiten der englischen Kolonialherren üblich war. Ich gab mir Mühe mit einem nett gedeckten Tisch. Ließ Scones mit Butter und Marmelade servieren sowie die berühmt berüchtigten „Beetroot und Cucumber-Sandwiches" nach englischer Tradition. Ich wollte schließlich zeigen, dass ich mit den Sitten in den hiesigen guten Kreisen vertraut war.

Nach geraumer Zeit, die wir mit Smalltalk verbrachten: „Wie geht es denn dem Ältesten im Royal College? Oh, er ist im Cricket Team und spielt fürs College. Wie schön für euch. Dein Mann muss mächtig stolz auf ihn sein", kam ich schließlich zu meinem Anliegen. Ich erinnerte sie daran, was sie an der Beerdigung von Lionels Mutter hatte laut werden lassen, und fragte sie, weshalb sie so über mich geredet hatte. Ich sagte ihr, dass ich nicht verstehen könnte, weshalb sie mich beleidigen wollte. Lionel und ich hatten aus Liebe geheiratet. Ich sei nun seine Frau und wir wären glücklich.

„Liebe", antwortete sie und rümpfte die Nase. „Was ist das schon? Etwas, das spätestens nach dem ersten Kind verfliegt. Wir in Asien glauben, dass andere Kriterien bei einer Heirat viel wichtiger sind. Du solltest wissen, dass die Mutter von Lionel schon eine andere junge Frau aus gutem Hause ins Visier genommen hatte. Diese ist jung und hübsch, ging auf eine der bekanntesten Mädchenschulen im Lande, machte ihr Abitur sogar mit Auszeichnung. Außerdem ist ihr Vater ein angesehener Professor an der Universität. Also aus besten Kreisen. In materieller Hinsicht hätte es auch keine Probleme gegeben. Die Tochter hätte eine gute Mitgift bekommen, z.B. ein Haus in Colombo, eine Plantage im Süden des Landes. Beide, dein Mann und sie hätten glücklich und in Freuden bis an ihr Lebensende leben können." *Hört sich an wie im Märchen,* dachte ich.

„Warum hast du uns unseren Lionel weggeschnappt?" Sie blickte mir geradewegs in die Augen.

Nun kannte ich den Grund und hatte die Antwort auf meine Fragen. Mein Gehirn arbeitete wie verrückt. Was kann ich ihr antworten? Natürlich hat die Frau recht – aus ihrer Sicht. Ich fühlte, dass ich dem nur wenige Argumente entgegensetzen konnte, außer dass, wir Europäer einfach anders dachten. Ich versuchte ihr das zu erklären. Zu meiner Überraschung akzeptierte sie meine Sichtweise, nachdem sie intensiv darüber nachgedacht hatte, und entschuldigte sich sogar für ihr Verhalten. Dennoch wusste ich, dass ich noch viel über die Menschen hier und ihre Denkweise, ihre Kultur und ihre Traditionen lernen musste, um mich in Sri Lanka zurecht zu finden. Ich erkannte, dass es wichtig war zu lernen, sich in den anderen hineinzuversetzen. Ich sagte mir auch, dass ich meine persönlichen Anschauungen nicht unbedingt ändern müsste, aber dennoch die Gesellschaftsform der hiesigen Bevölkerung verstehen und zu akzeptieren lernen müsse.

Selbstverständlich gab es im Laufe der Jahre, vor allem in der Anfangszeit Situationen, mit denen ich gar nicht klar kam.

An eine erinnere ich mich besonders gut: Ich fuhr gern Auto und darf ohne Anmaßung sagen, dass ich auch eine gute Autofahrerin war. Durch ganz Europa war ich gefahren. Das hatte meine Erfahrung in der Reisebranche mit sich gebracht. Nicht einmal in all den Jahren meiner Berufstätigkeit hatte ich einen Unfall gehabt.

An diesem Tag konnte unser Fahrer aus familiären Gründen plötzlich nicht zum Dienst kommen. Mein Mann, der keinen Führerschein hatte, musste jedoch in die City, um einen dringenden Geschäftstermin wahrzunehmen. Ich bot mich an, ihn zu fahren. Da tauchte plötzlich Rani, seine Cousine von gegenüber, auf und wollte auch mit. Ich hatte nichts dagegen. Sie nahm im Wagen auf dem Rücksitz Platz. Wir fuhren los.

Nach 10 bis 15 Minuten, länger dauerte die Fahrt in die Innenstadt nicht, hatten wir unser Ziel erreicht. Mein Mann stieg aus. Bedankte sich und gab mir ein Küsschen auf die Wange. Cousine Rani stieg ebenfalls aus, denn sie wollte ins nahe gelegene Holiday Inn gehen, um eine Bekannte zu treffen. Bevor sie sich jedoch von ihrem Sitz erhob, sagte sie zu meinem Mann: „This was just like in old times, when we imported our cars and drivers from England".

High Society!

Die berühmte „Huna"-Suppe

Erst kürzlich war ich zum Mittagessen bei meiner Schwägerin eingeladen. Sie ist die jüngere Schwester meines ersten Mannes. Irene und ich verstehen uns sehr gut und hielten auch immer Kontakt, selbst nach meiner Scheidung.

Als wir beide jung verheiratet und unsere Kinder noch klein waren – das war in den 60er Jahren – verbrachten wir, d.h. mein Mann und die Kinder, öfters ein Wochenende bei Schwägerin Irene und ihrem Mann Eduard in Kegalle, einem kleinen Städtchen in der Provinz Sabaragamuwa, ca. zwei Stunden Autofahrt entfernt von unserem Wohnort. Schwager Eduard war Anwalt und bewohnte mit seiner Familie ein sehr hübsches Haus mit großem Garten, das sich idyllisch an einen Hang schmiegte. Eine steile Straße, begrenzt von üppigem Grün, führte den Hang hinauf und dann war man auch gleich in einem tropischen Garten mit Frangopani-Bäumen direkt vor der imposanten Veranda des Hauses angelangt.

Als ich an diesem Tag nach dem Mittagessen mit Irene zusammen einen Mokka und ein Stückchen „Lovecake" genoss, sagte sie plötzlich: „Liz, erinnerst du dich noch an die Wochenenden bei uns in Kegalle?" „Aber natürlich erwiderte ich. „Unsere Kinder hatten so viel Spaß miteinander; es gab immer viel zu erzählen. Unser allererster Besuch bei euch wird mir jedoch ewig in Erinnerung bleiben".

Kurz vor dem Abendessen kam Eduard auf mich zu und bat mich in die Küche. Ein großer Suppentopf stand auf dem Herd. Mit todernster Miene erklärte er mir, dass du dabei seist, eine „Huna"-Suppe zu kochen fürs Abendessen." Huna bedeutet auf Englisch „Gecko". Ich glaubte, mich verhört zu haben, und starrte ihn entgeistert an. Er bestand darauf, dass das eine Delikatesse in Sri Lanka sei. Ich war total schockiert. Ohne jede Regung stand ich vor dem dampfenden Kochtopf! Eduard, du, Sam und die Kinder, schauten mich unverwandt an und brachen schließlich in Gelächter aus. Eduard klopfte mir auf die Schulter und meinte, dass ich seine Witze nicht so ernst nehmen dürfe. Nur eine ganz einfache Mulligatawny – Gemüsesuppe – würde vor sich hin kochen. Erleichtert atmete ich auf und stimmte in das allgemeine Gelächter ein. „Ja, Irene, diese Geschichte vergesse ich nie. Ihr habt mich damals ganz schön auf den Arm genommen." Irene erinnerte sich auch noch gut daran. Es gab noch viele andere gemeinsame Erinnerungen, die wir an diesem Nachmittag auskramten. Auf jeden Fall verging er wie im Flug. Auf dem Nachhauseweg dachte ich, dass ich in Irene nicht nur eine gute Schwägerin hatte, sondern auch eine richtig gute Freundin.

Anlässlich des Besuches meines Sohnes heute habe ich auch eine Suppe gekocht, und zwar eine echt fränkische Grießklößchensuppe, denn sie ist die Lieblingssuppe von Upali, meinem zweiten Sohnes.

Upali kam nach Büroschluss bei mir vorbei und hatte Hunger. Da war die Suppe das Richtige für ihn. Wir beide aßen sie jedoch nicht auf. Wie so oft hatte ich zu viel gekocht, sodass noch eine Mahlzeit für mich übrig geblieben war. Ich ließ den Rest der Suppe kalt werden und stellte ihn später samt Topf in den Kühlschrank.

Am darauf folgenden Tag holte ich sie heraus. *„Gerade genug für mich zum Mittagessen"*, dachte ich. Als ich aber den Topfdeckel abnahm, schwamm etwas kleines Zusammengerolltes, das wie ein Kohlblatt aussah, in der Suppe. *„Na, ich hatte doch kein Gemüse mitgekocht"*, fuhr es mir durch den Kopf. Beim näheren Hinschauen guckt mich ein weit aufgerissenes erschrockenes Auge an. Ein kleiner Gecko! Wie versteinert stand ich vor meinem Kochtopf. Was tun? Kurz entschlossen fischte ich mit einem Suppenlöffel den kleinen erstarrten Geckokörper aus der Suppe. Sicher war das Tierchen von dem guten Geruch der Suppe angelockt worden und als es dann am Kochtopfrand entlang marschierte, muss es in die heiße Brühe hineingefallen sein. *„Armes Ding"*, sagte ich laut.

Ohne lange zu zögern, stellte ich den Topf auf den Gasherd, kochte die Suppe noch einmal richtig auf. Ich hatte mich entschlossen, sie zu essen. „Wäre doch schade um die guten Klößchen!"

In China werden Schlangen gegessen und in Thailand geröstete Heuschrecken verzehrt! Warum nicht mal eine Huna-Suppe essen! Schmunzelnd saß ich über meinem Suppenteller. Diesmal war es eine richtige Huna-Suppe!

TSUNAMI/IDYLLE[8]

Wenn die Tropensonne im Indischen Ozean versinkt,
der letzte Sonnenstrahl in den Wellen ertrinkt,
dann legt sich der Südwestwind zur Ruh,
und die Pärchen am Strand, sie schauen nur zu.

Die Idylle, sie trügt,
wie alles im Leben.
Mary, Mutter von sechs Kindern,
ist hart im Nehmen,
erst vor einem Jahr,
der Tsunami raubte ihr den Mann,
das Fischerboot; das Häuschen im Dorfe mit Namen
                                                    Vann

Die Idylle, sie trügt, aber das Leben geht weiter,
das Meer glitzert silbern im Mondschein,
die Wellen, sie plätschern heiter,
die Liebespaare, für sie
die Gegenwart nur ist wichtig,
die Vergangenheit,
Mary und ihr Leid, der Tsunami, sind nichtig.
Die Idylle, sie trügt,
wie alles im Leben.

[8] Bereits erschienen in „Bibliothek Deutschsprachiger Gedichte, Ausgewählte Werke IX" ISBN 3-930048-51-5

Der Tsunami kam und ging!

Ich sitze im Colombo Swimming Club, ein Glas Limone und Soda neben meiner Liege und schaue aufs Meer. Meine Gedanken schweifen in die Vergangenheit. Heute, genau vor zehn Jahren, am 25. Dezember 2004, überraschte der Tsunami nicht nur Thailand, sondern auch Sri Lanka.

Damals am frühen Vormittag schwamm ich im Pool mit meinen Enkelkindern. „Omi, lass uns ein Wettschwimmen machen, kam es gleichzeitig aus verschiedenen Mündern." „O.k.," sagte ich, „wir werden sehen wer am schnellsten schwimmen kann. Aber ich bin mir jetzt schon sicher, dass ich verlieren werde!" „Nein, nein, Omi, wir geben Dir einen Vorsprung von 5 Metern. Einverstanden?" „Ja, alles klar. Seid ihr bereit?" Kaveri, die älteste meiner Enkelkinder, Tulasi, ihre jüngere Schwester und Kavan, der kleine Bruder, positionierten sich in einer Reihe am Beckenrand. Ich bekam meine fünf Meter Vorsprung und danach hörte ich ein lautes „Go!" Die Kinder schwammen schnell und ließen mich schon nach ein paar Metern zurück. Das machte ihnen Spaß, mir jedoch auch. Als wir noch am anderen Ende des Beckenrandes diskutierten, wer von den Geschwistern nun gewonnen hatte, kam mein Sohn angerannt. „Mutti", komm schnell aus dem Pool und seh zu, dass die Kinder auch kommen. Wir müssen sofort nach Hause!

Romesh, mein Sohn, war die ganze Zeit an der halbhohen Mauer, die auf der Seeseite des Clubs liegt, gestanden. Mehrere Gäste und Bedienstete des Clubs hatten sich dort ebenfalls versammelt und schauten gespannt aufs Meer hinaus. Ich wunderte mich, was es dort draußen wohl Interessantes gäbe.

Ohne die Einsprüche meiner Enkelkinder zu beachten, veranlasste ich sie, den Pool zu verlassen. „Omi, warum müssen wir nach Hause. Zum Mittagessen ist es doch noch lange hin." Aber ich antwortete nur: „Wenn es euer Vater so möchte, wird er wohl Gründe dafür haben." Mir fuhr ein Gedanke blitzschnell durch den Kopf: *Ob wohl jemand im Meer ertrunken sei und mein Sohn nicht möchte, dass die Kinder eine angeschwemmte Leiche sahen?* So schickte ich die Kinder schnell in die Umkleidekabinen.

Mich packte jedoch die Neugier und so lief ich an das kleine Mäuerchen und spähte darüber. Ich traute kaum meinen Augen! Das Meer, welches immer fast an den Swimming Club — nur durch die Eisenbahngleise und einem kleinen Streifen Sand getrennt — heranreichte, hatte einen breiten Strand hinterlassen. Ich starrte auf die Steine, den Seetang und die herumliegenden Muscheln. Das Meer hatte sich hunderte von Metern zurück gezogen. Neben mir sagte ein Club-Bediensteter „Flood, Lady, Flood coming", was Flut bedeutet. Noch nie hatte ich so etwas gesehen.

Da kamen auch schon die Kinder angerannt. Ich warf mir mein Strandkleid über und mein Sohn scheuchte uns alle in den Wagen.

Zuhause angekommen hörten wir schon die ersten Meldungen im Fernsehen, was der Tsunami in

Thailand und im Süden von Colombo angerichtet hatte.

Ein Telefonat von Freunden bestätigte, dass Mount Lavinia, ein Vorort von Colombo bereits teilweise unter Wasser stand. Das Meer war zurück gekommen!

Den Club hatte damals vor zehn Jahren die Flut zwar nicht erreicht. Das Meer war nur bis an die Mauer an der Seeseite gekommen. Nichtsdestotrotz war mein Sohn weitsichtig genug gewesen, uns sofort in Sicherheit zu bringen.

Ich hänge meinen Gedanken nach, nippe ab und an von meinem Limone-Getränk und überlege, was wohl passiert wäre, wenn unsere Familie an diesem Tag nicht in den Club zum Schwimmen gefahren wäre, sondern nach Mount Lavinia an den dortigen Strand. Mein Sohn hatte dies am Morgen vorgeschlagen. Ich erinnere mich noch an unser Gespräch als ob es gestern gewesen wäre: „Mutti," sagte er, „sollen wir nach Mount Lavinia an den Strand fahren. Die Kinder schwimmen und spielen dort so gerne." Ich antwortete: „Romesh, heute ist mein letzter Tag, denn morgen fliege ich wieder nach Deutschland. Ich würde lieber in den Colombo Swimming Club gehen, sofern es Dir nichts ausmacht." „In Ordnung, Mutti, wenn Du das so gerne möchtest. Ich kann auch noch ein andermal mit meinen Kindern an den Strand in Mount fahren. Aber Mittagessen ist dann bei uns zuhause!" „Gute Idee, Romesh, hole mich bitte in einer halben Stunde ab."

Man kann glauben, was man möchte, aber ich meine es war eine Vorsehung, oder vielleicht hatte ich einen 6. Sinn, dass ich ausgerechnet an diesem Tag keine Lust hatte, nach Mount Lavinia an den Strand zu fahren.

Zurück in Deutschland sah ich die verheerenden Fotos, die Videos, hörte die unfassbaren Berichte, das unermessliche Leid, das der Tsunami über die Menschen in ganz Ostasien gebracht hatte.

Einige meiner Freunde in Sri Lanka beschlossen dann ein „Tsunami Projekt" auf die Beine zu stellen. Ich stieg mit ein. Wir sammelten Geld für unser Projekt. Durch Vermittlung eines Freundes erhielt auch ich einen größeren Geldbetrag vom Lions Club in Kelkheim.

Im März 2005 flog ich erneut nach Sri Lanka. Mit eigenen Augen sah ich die Zerstörung im Osten und Süden des Landes. Häuser und Schulen, die sich in Strandnähe befanden hatte es weggespült. Einsam standen noch ein paar Ruinen am Straßenrand. In Seenigama hatte die „Welle" einen ganzen Zug mitsamt seinen Insassen erfasst. Er stand nun mitten in einer Kokosnußplantage. Das Ausmaß der Tragik war kaum zu fassen. In unserem Projekt konzentrierten wir uns auf zwei Fischerdörfer in der Nähe von Trincomalee. Wir kannten die Leute, weil wir dort oft Urlaub gemacht hatten. So kauften wir Boote bei einer Werft sowie Zubehör, damit die Fischer wieder zum Fischfang auf das Meer fahren konnten, das ihnen ihren Lebensunterhalt und sogar Familienmitglieder genommen hatte.

Inzwischen hat sich viel getan. Hilfsorganisationen und Regierung haben den Menschen neue Existensmöglichkeiten geschaffen. Schulen, Krankenhäuser und Dörfer sind neu gebaut worden. Aber die Vergangenheit hatte ihre Spuren hinterlassen. Das Leid vieler Menschen wird nie ganz ausgelöscht sein!

Heute, zehn Jahre später, preise ich mich glücklich, dass unserer Familie damals nichts passiert ist, Es hätte auch anders kommen können.

Wieder zurück in Deutschland

Anflug auf Frankfurt

Nach fast 30 Jahren zurück nach Deutschland!

Als 1988 noch der Bürgerkrieg in Sri Lanka wütete, entschied ich mich, nach Deutschland in mein Geburtsland zurückzukehren. Es war bei weitem keine leichte Entscheidung, alle Brücken hinter sich abzubrechen; aus meiner damaligen Sicht jedoch das einzig Richtige.

Zwei meiner drei Söhne studierten noch im Ausland. Mein ältester Sohn hatte schon eine feste Anstellung und meine Tochter trug sich mit dem Gedanken, in naher Zukunft nach Luxemburg zu gehen, um ihre Französischkenntnisse zu verbessern. Also, was hielt mich noch in Sri Lanka?

Meinen Job hatte ich gekündigt. Meine Freunde und Bekannten würde ich bis zu einem gewissen Grad vermissen. Gute Verbindungen kann ich aber auch aus der Ferne aufrecht erhalten, so waren meine Überlegungen. Ende August war es dann so weit. Ich stieg in ein Passagierflugzeug der SriLankan Airlines am Flughafen von Colombo. Zwei große Koffer waren mein ganzes Gepäck!

Nachdem alle Passagiere eingestiegen, alle Türen geschlossen, die Ansagen der Flugbegleiterinnen gemacht waren, lehnte ich mich entspannt in meinen

Sitz am Fenster zurück, wartete auf den „Take-off". Wir rollten auf der Flugbahn entlang und in wenigen Minuten hoben wir ab, durchbrachen ein paar Wölkchen, die wie Wattebällchen den blauen Himmel zierten, und danach waren wir in der Luft. Von meinem Fenster aus betrachtete ich die unter mir vorüberziehende Landschaft. Wir flogen an der Westküste entlang gen Norden. Die große Lagune von Negombo konnte ich erkennen. Wie oft hatte ich dort die Fischer beobachtet, wenn sie ihre Netze auswarfen. Die Reusen, mit denen sie Krebse und Garnelen fingen, konnte ich gerade noch ausmachen. Aber schnell gewannen wir an Höhe und der grüne Palmenteppich unter mir wurde immer winziger und winziger. Wir flogen aufs Meer hinaus Richtung Indien, bogen jedoch bald gen Westen ab, sodass nur noch der Indische Ozean unter uns zu erkennen war.

Ich wartete das Abendessen ab, danach stellte ich meinen Sitz zurück, klemmte mir ein Kissen zwischen Hals und Lehne und schloss die Augen in der Hoffnung, etwas schlafen zu können. Im Flugzeug wurde es ruhig. Die Fluggäste bereiteten sich auf die Nacht vor. Neun Stunden Flugzeit laden zu einem Schläfchen ein.

Ich weiß nicht mehr, wie lange ich geschlafen hatte. Plötzlich sprach mich die Flugbegleiterin leise an: „Schlafen Sie?" – Aber da war ich schon wach. „Nein, nein, was gibt es denn?" „Der Kapitän möchte Sie gerne sprechen. Würden Sie mir bitte folgen." *Nanu, was ist denn jetzt los?*, fuhr es mir durch den Kopf. Die Flugbegleiterin öffnete die Tür zum Cockpit für mich. Da drehte sich der Kapitän mit einem breiten

Lächeln auf seinem kantigen Gesicht um und nun erkannte ich ihn auch sofort wieder. „José, welch eine Überraschung!" „Schön, dich wiederzusehen, Liz!" José war Spanier und Kollege meines damaligen Freundes, der kürzlich den Posten als Ausbildungs-Pilot für junge sri lankanische Piloten angenommen hatte. „Wie um Himmels Willen wusstest du, dass ich auf diesem Flug bin?" „News travels fast! Ich bekam eine Nachricht, dass ich eine nette Passagierin an Bord habe." Wir lachten beide. Nach einer kurzen Unterhaltung, der Nachfrage wie es den Kindern ginge und so weiter, fragte mich José, ob ich beim Anflug auf Frankfurt noch einmal ins Cockpit kommen möchte. „Aber natürlich, José, das wäre wirklich toll", erwiderte ich. „Dann lass ich dich später durch die Flugbegleiterin holen", sagte er. „Tschüss, Liz. Versuch noch ein wenig Schlaf zu bekommen. Bis später." „Bis später, José."

Richtig schlafen konnte ich aber nicht mehr. Ich war zu aufgeregt und döste nur noch vor mich hin. Dabei gingen mir so viele Gedanken durch den Kopf. *Frankfurt, ein neues Zuhause für mich? Werde ich mich in dieser großen anonymen Stadt wohlfühlen?* Ein Arbeitsplatz als Privatsekretärin von Herrn Bogner, dem Chef einer ausländischen Bank, wartete zwar schon auf mich! Ich hatte Herrn Bogner nur einmal beim Vorstellungsgespräch getroffen. *Wird es eine gute Zusammenarbeit werden? Wie werden die Kollegen und Kolleginnen mich aufnehmen?* Neue Bekanntschaften, Freundschaften, Beziehungen müssen gesucht werden. Eine adäquate Wohnung muss gefunden werden. All diese Fragen durchkreuzten mein Hirn und hinderten mich daran, zur Ruhe zu kommen.

Ich hatte die Wahl gehabt mich in Berlin, München oder Frankfurt niederzulassen. In Berlin hatte ich einen Job in Aussicht gehabt und eine Cousine, die sich auf mein Kommen gefreut hätte. In München lebte meine frühere Schulfreundin und eine kleine Wohnung stand bereits zur Verfügung. Warum hatte ich bloß Frankfurt gewählt, diese große Wirtschafts- und Bankenmetropole, in der ich niemanden kannte. Ich hatte keine Familie, keine Verwandten, keine Freunde hier! Deprimierende Gedanken machten sich in meinem Kopf breit. Zum Glück nicht für lange. „Nein, nein Liz, das schaffst du schon", sagte ich halblaut vor mich hin, „du hast es doch schon immer geschafft!" Ich sprach mir selbst Mut zu und dann war mein alter Optimismus zurückgekehrt!

Während ich noch in Gedanken mit meinen Zukunftsplänen beschäftigt war, gingen plötzlich die Lichter im Flugzeug an. Getränke wurden noch einmal angeboten, Hektik machte sich breit unter dem Flugpersonal und den Passagieren. Die Toiletten wurden aufgesucht. Handgepäck wurde heruntergenommen, dann wieder verstaut. Kinder, die die Nacht über ruhig geschlafen hatten, quängelten, irritierten ihre Eltern und die anderen Fluggäste. Dann kam die Ansage zum Anschnallen und die Durchsage: „Wir befinden uns im Anflug auf Frankfurt!"

Da klopfte mir die Flugbegleiterin leicht auf die Schulter: „Mrs. Elapata, the Captain would like to see you, please follow me". Ich ging mit ihr ins Cockpit, wo José mich bereits erwartete. Der Ingenieur hatte seinen Platz für mich freigemacht. Ich setzte mich und schnallte mich an. José erklärte mir, wo wir uns befanden. Es dämmerte bereits, aber das Rhein-Main-Gebiet unter uns war hell beleuchtet. Je näher wir dem Flughafen kamen, desto heller wurde es. Die Landebahn kam in Sicht. Ich verfolgte die Kommentare des Kapitäns und seines Co-Piloten. Gespannt guckte ich gerade aus durch das Cockpitfenster. Ich war freudig erregt, denn nur selten hat man Gelegenheit, im Cockpit sitzen zu dürfen. Es ist ein wunderbares Gefühl die Landung aus nächster Nähe mitzuerleben. Die Landebahn lag vor uns, wie ein Laserstreifen, dann unter uns. Wie ein riesig großer Vogel ließen wir uns darauf nieder. Das Fahrgestell war schon längst ausgefahren. Wir setzen auf. Es machte einen kleinen lautlosen Plumps. „We made it", sagte José, und an mich gewandt: „Welcome to Frankfurt".

Ein Besuch in meiner Heimatstadt Fürth

Vor einigen Jahren verspürte ich plötzlich den unwiderstehlichen Drang, meine Heimatstadt aufzusuchen. So beschlossen Fred und ich, ein Wochenende in Franken, genauer gesagt in Fürth, meiner Geburtsstadt, zu verbringen. Sie wurde in der Mitte des 8. Jahrhunderts gegründet. Wir buchten ein Hotel in der Nähe des Stadtparks und machten zuerst einmal eine Stadtbesichtigung.

Vieles hatte sich in den letzten 10 Jahren geändert in denen ich nicht mehr dort gewesen war. Zuerst gingen wir über die Fürther Freiheit, einem großen belebten Platz, Richtung Bahnhof. Dort gab es früher eine Grünanlage mit vielen Büschen, Bänken und Blumenbeeten. Noch gut kann ich mich an die japanischen Myrthenbüsche, die immer im Mai in voller Blüte standen, erinnern. Heute gibt es nur noch einen großen gepflasterten Platz. Wie schade! Die alte Zentaur-Skulptur steht dort immer noch. Dieser Mensch mit dem muskulösen Pferdekörper beeindruckte mich schon als Kind. Mit seinem Dreizack in der Faust steht er da, wild um sich blickend.

Wir gingen durch die Bahnhofsunterführung und landeten auf der anderen Seite in der sogenannten Südstadt von Fürth. Von da aus war es nicht weit zur Amalienstraße, wo mein Geburtshaus steht. Im Vorübergehen zeigte ich meinem Mann das Eckhaus von unserem Hausarzt, Dr. Dölle. In seiner Praxis fühlten wir Kinder uns fast wie zu Hause. Wie oft waren wir bei diesem alten gutmütigen Mann. Impfungen ließen wir über uns ergehen. Sogar den schrecklichen Lebertran, den er mir verschrieben hatte, schluckte ich, ohne mit der Wimper zu zucken. Wahrscheinlich, um ihm einen Gefallen zu tun, weil er immer so lieb zu uns Kindern war. Ein Bonbon nach jeder Behandlung gab es natürlich auch. Wo findet man diese Ärzte noch in unserer Zeit, die so hektisch geworden ist. Heute – fünf Minuten für jeden Kassenpatienten!

Von der Simonstraße biegt man rechts in die Amalienstraße ein, wo mein Geburtshaus, ein großes 4-stöckiges Sandsteinhaus mit Steinmetzarbeiten an der Fassade im Parterre noch heute steht. Steinfiguren, die wie Gallionsfiguren aussehen, schmiegen sich an die Hauswand. Mein Großvater hatte dieses Haus gebaut. Er war Baumeister. Auch andere Häuser in dieser Straße sind nach seinen Plänen gebaut.

Mein Mann und ich stehen vor dem Haus. Fremde Leute wohnen schon lange in unserer Parterre-Wohnung, die aus zwei Schlafzimmern, einem Wohnzimmer, einer Küche und einer Toilette bestand. Integrierte Bäder gab es damals noch nicht. Eine eigene Toilette in der Wohnung war schon modern!

Zu ihm sagte ich: „Fred, ich erinnere mich noch genau an diese Wohnung, an jedes Möbelstück. Besonders jedoch an das große Schlafzimmer mit dem schweren Doppelbett aus Nussbaum. Es hatte eine höhere Kante am Bettende und die benutzten wir Kinder zum „Seiltanzen“, wie wir es nannten. Meine Mutter war sehr kinderlieb und so durften unsere Freunde und Freundinnen auch an diesem Spaß teilhaben. Wir durften auf der Kante entlanglaufen und in die Betten fallen, wenn wir das Gleichgewicht nicht mehr halten konnten. Das war eines der schönsten

Vergnügen, an das ich mich noch erinnern kann. Meine Mutter musste dann hinterher die total zerwühlten Betten machen! Überhaupt, meine Mutter war die beste der Welt!"

Ich denke zurück an die Zeit, als meine Schwester und ich Puppenmöbel aus Streichholzschachteln am großen Wohnzimmertisch bastelten. Spielzeug gab es in den ersten Kriegsjahren nicht zu kaufen. Mein kostbarster Besitz war ein alter Steiff Teddybär, den ich von der Nachbarin geschenkt bekommen hatte. Meine Schwester Frieda besaß sogar eine richtige Puppe aus Porzellan, mit der ich aber nicht spielen durfte. Mein kleiner Freund Bernd, der über uns im 1. Stock wohnte, brachte meistens zu meiner großen Freude seine Holzautos mit, wenn er zum Spielen kam. Damit haben wir uns stundenlang beschäftigt.

Mein Mann legt seinen Arm um mich und holt mich zurück in die Gegenwart. „Ich kann gut verstehen, was jetzt in dir vorgeht. Auch ich werde dir einmal mein Geburtshaus zeigen, nur liegt es sehr weit weg, nämlich im Altvater-Gebirge, in der heutigen Tschechischen Republik."

So stehen wir beide gedankenverloren auf der Straße. Da öffnet sich ein Fenster im 1. Stock. Eine Frau ruft: „Kann ich Ihnen weiterhelfen?" „Ja", antworte ich spontan. „Ich würde gerne mal ins Haus kommen und mich ein wenig umschaun. Ich bin hier nämlich geboren." Sie nickt und drückt auf den Türöffner. Ich bedanke mich und wir gehen hinein. Im Hausflur befindet sich noch immer das Bodenmosaik. Das große Tor zum Hof steht offen und wir gehen durch den sonnendurchfluteten Flur in den Hof. Dort habe ich als Kind mit meinen Freunden Fangen und Verstecken gespielt. Ich habe sogar noch ein kleines vergilbtes Schwarzweißfoto, auf dem ich mit meinem Spielkameraden Bernd angelehnt an die Hofwand stehe. Blonde Locken umrahmen mein Gesicht, ein Stoffpüppchen drücke ich an mich, der eine Strumpf ist runtergerutscht und die Stiefel sind nur halb zugeschnürt. Bernd lutscht verlegen am Daumen.

Kindheit! Heimat! Geht es mir durch den Kopf. Diese Worte bedeuten für mich heute noch Liebe und Geborgenheit.

Meine Reise nach Saudi Arabien

Die Formalitäten im Konsulat in Berlin waren zum Glück rechtzeitig abgeschlossen. Die Einladung meines Sohnes nach Saudi Arabien, sowie meinen Reisepass mit dem Eintrag des Visums hielt ich nun wieder in den Händen. Aufenthaltsgenehmigung für 30 Tage war im Visum eingetragen. Alles perfekt, nun musste ich nur noch den Koffer packen! Die Mitbringsel für meine Familie durfte ich aber nicht vergessen!

Am Abreisetag stieg ich allerdings mit gemischten Gefühlen in das Flugzeug. Mein Flug ging über Katar nach Riyadh, Saudi Arabien, einem uns Europäern sehr fremden Land. Der strenge Islam wahhabitischer Prägung ist hier Staatsreligion. Auch Ausländer müssen sich den Landessitten anpassen. Dies habe ich schon in den Vorlesungen über den Islam an der U3L Frankfurt gehört. Die Saudis wollen keine Touristen in ihrem Land. Ausländer sind zum Arbeiten da und werden sozusagen nur geduldet. Die Bezahlung allerdings, gerade in den höheren Gehaltsgruppen, ist nahezu fantastisch. Das hat mir mein Sohn bestätigt. Ein nicht Berufsstätiger bekommt nur eine Einreise durch Einladung, was in meinem Falle durch meinen Sohn geschah, der seit einigen Jahren bei einer Bank in Riyadh tätig ist.

Nach meiner Ankunft waren die Einreiseformalitäten und die Gepäckabfertigung zügig erledigt. Angesichts der dortigen strengen Kleidungsregeln hatte ich mich bewusst dezent gekleidet: Schwarze Hose, schwarzer hochgeschlossener Pullover, grauer Blazer und einen schwarzen Seidenschal, den ich mir um

Hals und Schultern gelegt hatte. So ging ich zielstrebig auf den Ausgang zu. Da wartete schon mein Sohn auf mich. Den „Abaya" – so nennt sich das schwarze Kleidungsstück, welches jede Frau in Saudi Arabien über der normalen Kleidung tragen muss – trug er schon über dem Arm. Nach einer herzlichen Begrüßung schlüpfte ich geradewegs hinein. Nun war ich angemessen gekleidet.

Wir fuhren etwa 45 Minuten in Richtung Stadt. Unterwegs betrachtete ich mit großem Interesse die vielen verschiedenen Moscheen. Wir kamen auch an der Universität vorbei, die aus einem architektonisch modernen, sehr ausgefallenen und interessanten Bau bestand. Brunnen mit Wasserspielen befanden sich im Eingangsbereich.

Mein Sohn wohnt, wie die meisten Ausländer in einem sogenannten „Compound". Das ist eine Art Siedlung mit Reihenhäusern, umgeben von einer großen Mauer. Wir passierten einen Schlagbaum. Der Wächter kennt die Anwohner; Besucher bittet er jedoch, sich auszuweisen. Erst nach telefonischer Rückfrage bei den Gastgebern gewährt er ihnen Einlass. Dies dient der Sicherheit der Anwohner.

Zuhause angekommen, begrüßten mich meine Enkelkinder überschwänglich. Wir hatten uns fast ein Jahr nicht mehr gesehen. Bei einer Tasse Tee bestürmten sie mich mit Fragen und auch mit Vorschlägen, was wir in den nächsten Tagen machen oder besichtigen könnten. Tulasi und Kavan, 17 und 15 Jahre alt, zeigten mir als erstes die Siedlung. Damit war ich auch einverstanden. Für mich war heute

Frühlingswetter, 18 Grad und strahlend blauer Himmel. So zogen wir drei gleich los.

In der Siedlung leben fast nur Ausländer der verschiedensten Nationen. Später sollte ich noch einige der Damen kennen lernen. Vorerst zeigten mir meine Enkelkinder das große Schwimmbad, den Tennisplatz, das Restaurant, – das einen Freizeitbereich mit Kinderspielplatz, kleinem Schwimmbecken, mit Tischen und Stühlen rings herum hatte, – sowie einen Supermarkt, wo man das Nötigste kaufen konnte. Zum Großeinkauf von Lebensmitteln, wie Gemüse, Fisch, Fleisch und Sonstigem müssen die Siedlungsbewohner zu den großen Supermärkten in die Stadt fahren.

Es war ein angenehmer Spaziergang in der Morgensonne mit den Enkelkindern, den ich sehr genoss. Zwischenzeitlich hatte Soma, meine frühere Hausangestellte, die jetzt für meinen Sohn und seine Familie arbeitet, das Mittagessen für uns vorbereitet. Und wie sie mich wieder verwöhnt hatte! Die verschiedenen Curry-Gerichte schmeckten vorzüglich. Ihre Freude über meinen Besuch stand ihr im Gesicht. So machte mein Sohn auch gleich ein Erinnerungsfoto von uns beiden. Meine Schwiegertochter war leider nicht anwesend. Sie befand sich auf Kurzurlaub in Sri Lanka anlässlich des literarischen Festivals, das jedes Jahr um diese Zeit in Galle stattfindet. Wir erwarteten sie jedoch am Montag zurück. Heute war erst Freitag, also Wochenende in Saudi Arabien. Da liegt die Arbeit still.

Am gleichen Abend noch bekam mein Sohn Besuch. Der Besitzer des Restaurants von nebenan, sowie ein junger Australier, der gerade Strohwitwer war, kamen auf einen „Drink" vorbei. Bei einem Gläschen blieb es natürlich nicht und so aßen wir auch noch Abendessen zusammen. Wir hatten viele interessante Gesprächsthemen. Ich war vor allem neugierig, wie sich das Leben bei den Ausländern hier abspielt und wie sie mit Land und Leuten zurecht kamen.

Am nächsten Tag, einem Samstag, mussten meine Enkelkinder leider in die Schule. Samstag ist eben dort ein Tag wie jeder andere. Mein Sohn hatte sich allerdings frei genommen, damit er mit mir ins Museum fahren konnte. Ich war angenehm überrascht, als ich vor einem sehr modernen und architektonisch sehr beeindruckenden Gebäude stand. Die Eingangshalle war großzügig angelegt und der Marmorboden blitzblank. Fast meinte ich, in einem Hotel zu sein. Ein junger Araber in weißem Gewand verkaufte uns die Eintrittskarten und bat uns höflich, den Pfeilen zu folgen.

Messingpfeile, die in den Boden eingelassen waren, wiesen uns den Weg durch das Museum.

Im ersten Saal wurden die Anfänge des arabischen Reiches beschrieben. Höhlenmalereien und archäologische Funde waren ausgestellt und gut beschriftet.

Wir folgten den Pfeilen durch viele Säle. Immer wieder überraschte mich, wie gut die Exponate, z.B. alte handwerkliche Arbeiten, bestickte Pferdesättel oder Zeltanlagen der Beduinen, ausgelegt mit kostbaren Teppichen, präsentiert waren. Die geschichtliche Entwicklung des Landes war auf großen Tafeln zweisprachig, in arabischer und englischer Sprache, erklärt.

Da mein Sohn durch einen telefonischen Anruf wegen einer wichtigen Angelegenheit in die Bank gerufen wurde, mussten wir leider unseren Museumsbesuch abbrechen. Wir stimmten jedoch überein, dass wir unbedingt noch einmal hier her kommen und auch die Enkelkinder mitnehmen müssten. Das Museum war nämlich überaus sehenswert. Besonders die alten Funde, die Höhlenmalereien, sowie die Entwicklung der arabischen Sprache beeindruckten mich sehr.

Am folgenden Montag, nach Ankunft meiner Schwiegertochter, machten wir weitere Pläne für die Tage, in denen ich noch in Riyadh weilte.

Ianthe, meine Schwiegertochter, wollte mir unbedingt den Bazar zeigen. Die großen Kaufhäuser in Riyadh und ein Ausflug in die Wüste – dies wäre ein unbedingtes Muss – sagte sie.

Also fuhren wir am Dienstag, nachdem die Kinder in die Schule gebracht waren, mit dem Fahrer der Bank *in die Innenstadt. Man muss wissen, dass Frauen in* Arabien nicht Auto fahren dürfen, auch müssen sie von einer männlichen Person in der Öffentlichkeit begleitet werden. Für mich war das höchst ungewohnt.

Der Fahrer holte uns also gegen 10 Uhr ab und wir fuhren zum Bazar. Hier gab es verschiedene kleinere alte Gebäude mit verschächtelten Sträßlein. Ich merkte gleich, dass sich Ianthe hier auskannte und nicht das erste Mal da war.

Gezielt führte sie mich zum Gold-Suk, wo sich ein Schmuckgeschäft an das andere reihte. Jedes Geschäft trug eine Nummer und sie suchte Nr. 68 und fand sie auch. Wie sich herausstellte kannte sie den Eigentümer. Ich wurde vorgestellt und danach wurde uns gleich der obligatorische Kaffee angeboten. Nach dem üblichen „Small-Talk" über Familie und Kinder begutachteten wir die Schmuckstücke, die unser Interesse fanden.

Gerne hätte ich mir einen goldenen Ring gekauft, denn Gold ist relativ preiswert. Warum wohl? Ich war überrascht zu erfahren, dass in Arabien nicht nur Öl, sondern auch Edelmetalle, wie Gold, zu den Bodenschätzen zählten.

Meine Schwiegertochter schaute sich die Perlenketten an, die es in allen Variationen gab. Sie kaufte letztendlich keine, versprach aber wiederzukommen.

Nach dem Besuch im Schmuckladen schlenderten wir durch die restlichen Geschäfte im Suk. Textilwarengeschäfte, in denen es kostbare Kaschmirschals sowie goldbestickte „Abayas" in allen Preisklassen gab, fanden unsere besondere Aufmerksamkeit. Schließlich erstand ich einige „Paschimas". Das Wort stammt ursprünglich aus dem persischen Dialekt und bedeutet „Wolle". Diese Schals werden ausschließlich aus dem ausgekämmten Unterflaum der Kaschmirziegen hergestellt Sie erlangen dadurch eine besonders weiche und feine Qualität. Diese Schals oder Stolas, manche nennen sie auch Fransentücher, gibt es in allen Farben und traditionellen wie auch modernen Mustern. Ich hatte ein paar Exemplare für mich, aber auch einige als Mitbringsel für meine Freundinnen, ausgewählt.

Als ich gerade bezahlte, kam ein junger Mann ins Geschäft gestürzt und rief ganz aufgeregt:"Er kommt, er kommt!" „Wer kommt?", fragte ich meine Schwiegertochter. Schnell flüsterte sie mir ins Ohr: "Der Mullah kommt, zieh Deinen Schal über den Kopf". Das tat ich denn auch. Hinterher erklärte mir Ianthe, dass die Mullahs Stichproben machen würden, um festzustellen, ob denn die Frauen, besonders die Einheimischen, angemessene Kopfbedeckung tragen würden. Viele Araberinnen bedecken übrigens nicht nur den Kopf, sondern verschleiern auch ihr Gesicht, sodass man nur noch ihre Augen sieht. Irgendwie konnte ich mich in den 10 Tagen meines Urlaubs in Arabien nie an diesen Anblick gewöhnen. Vielleicht könnte ich es, wenn ich dort leben müsste. Ich weiß es nicht.

Für den nächsten Tag planten wir einen Besuch auf dem Kamel-Markt. Am Spätnachmittag, die Sonne stand schon sehr tief, verließen wir die Stadt und fuhren etwa 15 km aufs Land nach Kharj. Ein großer Lkw, beladen mit Heu, kündete uns an, dass wir unserem Ziel nahe waren. Da standen auch schon die Kamele in Gehegen, dicht zusammengedrängt, in den verschiedensten Färbungen: weiße, schwarze, hellbraune, sandfarbene mit dunklen Flecken. Ich hatte noch nie so verschieden gefärbte Kamele gesehen. Ich dachte immer, sie wären alle braun. Selbst in den Zoos habe ich immer nur braune oder beige gesehen.

In den Gehegen befanden sich auch Kamelmütter mit ihren Kälbern. Ein junger Araber lud uns ein, näher heran zu treten, um das Junge, das vielleicht nur ein paar Tage alt war und kaum auf den Beinen stehen konnte, zu begutachten. Kaufen wollten wir nun wirklich keines! Wir lehnten das Angebot höflich ab und fuhren weiter.

Die Sonne war fast untergegangen und es war inzwischen recht kühl geworden als wir die Heimfahrt antraten. Für mich, meinen Sohn und die Kinder war es ein gelungener Ausflug gewesen.

Am Tag darauf wollten wir einen Ausflug in die Wüste mit einem Picnic machen. Es war ein sonniger, aber kühler Tag. Schon früh waren wir aufgestanden. Soma hatte Frikadellen, Hähnchenschenkel auf Tantoori Art, sowie Brot, Käse und Salat vorbereitet, sowie den am Tag vorher zubereiteten Braten in Scheiben geschnitten. Wasserflaschen, Thermoskannen mit Tee und Kaffee waren auch bereitgestellt. Mein Sohn sagte: „Zieht Euch erst einmal warm an, auch in der Wüste ist es kalt. Ausziehen kann man die Sachen immer noch". In Leggings, Jeans, warmen Socken und Wolljäckchen eingemummt, setzten wir uns also in den Pajaro meines Sohnes. Tulasi hatte ihre Kamera vergessen und lief schnell noch einmal ins Haus zurück. Danach fuhren wir los.

Zuerst einmal mussten wir aus Riyadh hinaus. Da es Wochenende war, gab es wenig Verkehr. Zügig ging es Richtung Landstraße. Ianthe, meine Schwiegertochter erzählte mir von der geplanten Route. Zu Worlds End wollten wir – einer Bergkette mitten in der Wüste. Von dort aus hätte man einen wunderbaren Blick über das Land, so sagte sie.

Wir fuhren mindestens zwei Stunden durch kleinere Orte, wo die Hühner auf der Straße die Flucht ergriffen, sobald unser Auto näher kam. Vorbei an Palmenhainen und vereinzelten Feldern kamen wir endlich in die Nähe eines Tales. Wir passierten einen im Bau befindlichen kleinen Staudamm und fragten einen Wächter, der das Projekt anscheinend bewachte, nach dem Weg. Weit und breit gab es niemanden sonst, den man hätte fragen können. Wie sich herausstellte, hatten wir uns verfahren. Zum „Worlds End" würden wir heute nicht mehr kommen!

Wir berieten uns, was wir nun wohl machen sollten. Einstimmig beschlossen wir, in das ganz in der Nähe liegende Akazien-Tal zu fahren. Dort würde sich sicherlich ein großer, schattiger Baum finden, um Picnic zu machen.

Guten Mutes fuhren wir weiter und siehe da, die ersten Akazienbäume tauchten in der Ferne auf, zuerst spärlich, dann immer häufiger. Wir sahen zwar keinen Fluss weit und breit und wunderten uns, wie die Bäume hier wohl wachsen können. Nach einigen Überlegungen kamen wir zu dem Schluss, dass es hier vielleicht früher einmal Wasser gegeben haben musste oder vielleicht noch unterirdische Wasservorkommnisse vorhanden sein müssten. Es mutet schon reichlich komisch an, in einer Wüste ein Tal mit Bäumen und Büschen zu finden!

Die Kinder erspähten plötzlich einen großen Baum und darauf fuhren wir zu. Es war ein knorriger Baum mit weit ausladenden Ästen. Darunter war es fast dunkel, die Sonne hatte es schwierig durchzukommen und so war es angenehm kühl. Ein Felsbrocken in Form eines niedrigen Tisches lud uns zum Picknick ein. Wir breiteten einen von uns mitgebrachten Teppich aus – fertig war der Tisch. Inzwischen stand die Sonne hoch im Zenit, es war Mittagszeit und unsere

Mägen bestätigten das. Nachdem wir an diesem schattigen Plätzchen unser mitgebrachtes Essen verzehrt hatten, wagten wir uns wieder in die Wüste. In der Sonne konnten wir im T-Shirt herumlaufen. Wir erkundeten unsere nähere Umgebung und fanden allerlei Interessantes.

Kavan fand eine Frucht, die wir nicht kannten. Meine Schwiegertochter fand einen kleinen Telefonmast, der uns bestätigte, dass hier die Technik Fortschritte gemacht hatte. Anscheinend wurde eine Telefonleitung durch diese unwirtliche Gegend gezogen. Beim Herumschlendern fand ich gelbe und violette Blümchen, die mitten in einem Dornenbusch wuchsen und mein Sohn stieß auf Kamel-Dung. All dies zeigte uns, dass Menschen dieses Tal, wenn auch nicht bewohnten, so doch benutzten. Aber solange wir uns hier aufhielten, sahen wir keine Menschenseele.

Wir überlegten, ob wir ein Nachmittagsschläfchen unter diesem herrlichen Baum machen sollten, entschieden uns aber dagegen. Deshalb packten wir alle unsere Sachen wieder ein und fuhren weiter. Im Stillen, so dachte ich, hoffte mein Sohn immer noch, die Abzweigung zum „Worlds End" zu finden. Nun, dem war aber nicht so. Unser Weg führte uns hinaus aus dem Tal. Eine trostlose Sandwüste rechts und links, sowie die Berge in der weiten Ferne begleiteten uns, bis wir zur nächsten Ortschaft kamen. Dort war dann wieder ein bisschen Leben. Kinder spielten auf der Hauptstraße mit einem Fußball. Die Fensterläden der meisten Häuser und Geschäfte waren alle geschlossen. Es war eben Wochenende.

Gegen Abend kehrten wir nach Riyadh zurück, zwar müde, aber voller neuer Eindrücke.

Am darauf folgenden Tag musste ich leider schon wieder meine Koffer packen. Abschied nehmen von der Familie tut immer weh. Aber der Gedanke, dass ich meine Familie schon im Sommer dieses Jahres in Kanada bei meiner Tochter wiedersehen würde, machte es mir leichter abzureisen. Wir haben schon bereits den nächsten gemeinsamen Urlaub in Ottawa im August geplant. Dort werden wir dann auch den Geburtstag meines Sohnes feiern. Ich freue mich schon jetzt auf das Familienfest.

Die Autorin

Liz Elapata-Kordesee, 1940 in Fürth, Bayern, geboren.
Bis zu ihrem 18. Lebensjahr lebt sie in Franken. Danach bricht sie nach England auf, um ihre englischen
Sprachkenntnisse zu vervollständigen. Sie heiratet
früh. Ihr Weg führt sie nach Asien, Sri Lanka, der
Heimat ihres Mannes, in der sie fast 30 Jahre ver-
bringt. Im Jahr 1988 kehrt sie nach Deutschland zurück. Kurz darauf fängt sie an zu schreiben. Ein erleb-
nisreiches Leben, Kontakte mit vielen Persönlichkei-
ten und Kulturen bieten ihr Stoff in Hülle und Fülle.